就从此刻起，关掉所有快生活中的“开关”，
处的空间，释放多余的杂质，找回最本真的自己。

三醒◎著

偷来De时光

西苑出版社
XIYUAN PUBLISHING HOUSE

图书在版编目(CIP)数据

偷来的时光 / 夏余，解三醒著. -- 北京 ： 西苑出版社，2012.7

ISBN 978-7-5151-0242-9

Ⅰ. ①偷… Ⅱ. ①夏… ②解… Ⅲ. ①随笔—作品集—中国—当代 Ⅳ. ①I267.1

中国版本图书馆CIP数据核字（2012）第125760号

偷来的时光

著　　者　夏　余　解三醒
出版发行　西苑出版社
通讯地址　北京市海淀区阜石路15号　**邮政编码**　100143
电　　话　010-88637256　**传　　真**　010-88637120
网　　址　www.xycbs.com　**E-mail**　zhenypbook@163.com
印　　刷　北京中印联印务有限公司
经　　销　全国新华书店
开　　本　787mm×1092mm　1/32
字　　数　150千字
印　　张　7.5
版　　次　2012年9月第1版
印　　次　2012年9月第1次印刷
书　　号　ISBN 978-7-5151-0242-9
定　　价　35.00 元

（凡西苑版图书如有缺漏页、残破等质量问题，本社邮购部负责调换）

前言

有多少岁月可以重来

前几年，大街小巷KTV包房都有人在嘶吼：有多少爱可以重来。翻唱的人是个中年大叔，一身落拓，波浪长发，嗓音嘶哑，人琴俱老。

其实消逝的不是爱，是年华正好，是激情澎湃，是在红磡大喊大叫，为梅姑或者哥哥的妩媚入骨而目眩神迷的冲动，全场一起大喊"姐姐，我要回家"的热泪盈眶。

梅姑和哥哥人杳黄鹤，"如花"已经随着周星驰的风靡滑向意指的反面，催生出《胭脂扣》的关锦鹏在折腾混搭昆曲《怜香伴》，明末清初的场景生生被几个大白框弄出来维多利亚时期湖区庄园的味道，肢体缠绕取代水袖勾搭，域外的直白刺激着观看者的神经。

至于那些1994年勃发的摇滚新势力，他们选择在2010年的夏天重新怒放。何勇发福，张楚衣带渐宽，两人的体态展现了中年男性的两种极端。

时间留下了美丽和一片狼藉，庆幸他们，还有运气唱歌。

而我们，大概十五年前努力读书，十五年后努力工作，向着前方的胡萝卜撒欢狂奔，少有停歇，绝不转圜，一辈子急管繁弦。十五年前的收音机，十五年后的豆瓣电台，放的俱是一样的旋律。唱歌的人老了，我们似乎从来没有年轻。

网上有个流传甚广的推理公式：

人=吃饭+睡觉+工作+休闲

猪=吃饭+睡觉

人—娱乐=猪+工作

不会休闲的人=会工作的猪

堕落到这种地步，走得再快不也是枉然？

紧拉慢唱，不如多张望张望身边的美丽，多尝试新的食物、景物甚至生活方式。闲花落地听无声，只要有心，人远千里，家山处处。

多一分心思来滋养你的生命。不要等到年老，发现有嗜好可以愉悦身心，“原来你也在这里”，可惜有心无力，“我们都回不去了”。

目录

CONTENTS

Part 1

找些情调

一个人的时装秀

Yi Ge Ren De Shi Zhuang Xiu

秋天的下午，黄叶伴着微风拂去地上的尘土，我坐在咖啡屋里给多年未见的朋友写信，两个二十出头的女孩在我的身旁嬉笑着聊天，她们悠扬的笑声也一时感染了我，我停下手中的笔，静静地听着她们的故事。

女孩说，好想回到儿时，那个时候懵懂而顽皮地常常躲在妈妈衣柜中。那时，女孩并不关心小朋友手中的糖果，不留恋楼底花园的食品店，却对妈妈的衣柜情有独钟，好奇不已。女孩总是在妈妈离家出门的一瞬间跳到她的卧室，打开衣柜与鞋柜，呆呆地望着那一条条艳丽的裙子，一件件精致的挂饰，五彩斑斓。于是女孩心想，如果可以一夜长大，长得像妈妈一样美丽，该有多好。

每个女孩都有做梦的年纪。曾经，身为女孩的我，也一度对母亲的红色连衣裙好奇不已。终于在某一天，想一探究竟的我踮脚够到它，并将它肥肥大大地穿在身上，情不自禁地对着镜子旋转起来，惹得家人笑翻了肚皮。那时，我一点儿也不介意，反而有丝欣喜与快意。直到长大以后，一次读到艾丝美拉达的红裙子，不禁偷笑起来。我曾试图询问母亲，而她却早已忘怀。

年少的心情一去不复返，听惯了周遭“女为悦己者容”的论断，早已将它划为自身的穿衣准则，读书上班时光鲜亮丽，可家中的我褪去粉饰，备显邋遢与毛乱。直到一天，优雅的母亲一句话点透了我，她说，女人需要打扮，不是为了取悦他人，而是一种心情，一种信仰，一种生活的姿态。

我恍然大悟，原来如此，不禁暗自拍案而起。

生活中的我对穿衣打扮了如指掌，从公司上班、参加宴会到与朋友休闲逛街、与男友共享烛光晚餐，我的衣着配上我的笑容总是那么恰到好处，每一个角色的我都几近完美，时时能令人耳目一新。可是，谁又看到背后的我，每天早晨，忙忙碌碌，前顾后盼。脱了一套换另一套，在镜子前犹豫极了，只为给他人留下一个好印象。

当回家，褪去浮华，流露最真实的自己，竟发现镜中的女孩蓬头垢面，黯淡无光，不禁有些怅然。蓬头垢面，不仅是一种懒散，也是对希望与幸福的一种婉拒。

《这个杀手不太冷》中，小女孩马婷达玩起了穿衣游戏，13 岁的她一会儿幻化为性感撩人的麦当娜，一会儿一袭白裙地变成马丽莲 · 梦露，又一会儿卓别林的行头在她身上惟妙惟肖，而最后那吉恩·凯利的造型更是让沉默的里昂微笑起来。一个人的时装秀，没有众人的称赞，却给自己与他人带来由内而外的快乐。

终于，一个周末，在早晨推开窗户，让阳光洒进屋来，打扫屋子之后，开始梳洗。坐在窗边，喝杯牛奶，听一首舒缓的音乐。然后，到衣橱里找一件心仪的裙子，随意配上一种发型，或轻轻绾成一个大方的发髻，或用简单的发绳扎起来，抑或干脆让头发直顺而懒散地披着……此时的我，无需出门，幸福与喜悦也会向你叩门，这样的穿着无关乎他人，我无需担心上司、同事、朋友、爱人的眼光，而是只属于我自己。一个人的时装秀，让你与幸福相遇。

提到穿衣的心情，就不能不谈及旗袍，那是真正的关乎自己的悠扬与妩媚。一直很喜欢旗袍，那是真正的美的体验与享受，身穿旗袍的自己才发现，旗袍诠释的是一种他人无法体会的独一无二的美的蕴涵。曾在旅行的途中相遇一位女子，她身着旗袍，像蜻蜓点水般轻盈地走过门前的小桥与流水。她那低垂的额头，尽是似水的娇羞；她那盘拢的高高的发髻，难掩她心中的高傲；她那玲珑的曲线，妖娆却含蓄。即使高高的分叉，也没有丝毫的风光乍泄，反而模糊了她的真面目，猜不透也摸不着。纤细手腕那温润而沁凉的玉镯、耳畔点睛的珠坠，还有那隔着禅木箱子散发出来的丝丝缕缕的万年古香……我在猜想，她是昔日上海十里洋场的绝世倾城名媛，还是江南小乡某个青石雨巷的寂寥女子……她丝毫无视他人的眼光与注目，沉浸在自己的世界中，享受着一个人的快乐与精彩。那一瞬间，我记住了她，记住了那烟水凄迷的双眼，那欲言又止的惘然，那骨子里冷然俊逸的高贵，还有那深藏背后的陈旧往事。

问问自己，累了吗？在人与人的世界中，你是否早已疲惫不已，无心应战。那么试着体验一次一个人的时装秀，这是心情，也是生活情调。即使足不出户的你，也能在美的享受中放飞自己。不再取悦他人，而是填补自己。那还等什么？赶紧行动起来啊，做一个时装设计师，在时装秀中自娱自乐，也是一种无法估量的美的体验。

心情的十字格

Xin Qing De Shi Zi Ge

去乡下踏青的路上，单看野草便已心旷神怡，心中暗自庆幸选择了这样淳朴的地方。路过一个小小的村庄，我不禁凑上前去，竟发现一个白发苍苍的老人在安静地纳着鞋底，一针一线地缝制，让我望着出了神。年迈的奶奶眼力好似并不是很好，可纳鞋底的样子依然很从容，每纳一针都要将锥子放在头发上抹一抹，用力将穿着麻线的针穿过洞眼，一针一线都密密麻麻，一点儿也不输给年轻的阿姨。皱纹的纹路刻着岁月的痕迹，我安静地看着，老奶奶和邻居们一边纳鞋底一边聊天，气氛自然，无可掩饰。

终于，我孩子一般地，问老人家能否讨一副她亲手纳的鞋底，想象自己神情骄傲地把脚底抬高，周围的朋友都对此赞叹不已。老人告诉我说，纳鞋底讲究针脚密，这样才能耐穿，而且针脚更要纳得整齐，否则抬起脚底会遭人家的笑话。对老奶奶的话我似懂非懂，但老奶奶一针一线纳鞋底的模样却深深印在我的脑海当中。我想象自己有一天也亲自为爱的人纳一双鞋底，就像老人家纳的那样，又密又紧。

日子一天天地忽而滑过。一次偶然的机会，我在朋友的家中看到不同风格的绣品，精巧而富有装饰美感，丰富而诗情画意。其中有一个十字绣令我印象很深，那是一艘远航的船，在蓝色的大海中孤独而坚定地行驶着。蓝色的海洋、天空的海鸥、昂扬的船帆……简单的客厅立刻生气勃勃，让人无限遐想。

我仿佛感受到了扑面而来的海的沁凉，于是，夏日燥热的心头多了一淌溪流，一股凉意。远离了功名利禄，忘记了世俗喧嚣，我甚至想象那艘远航的船有人在击缶而歌，观鱼鸟乐。朋友一边和我谈笑风生，一边熟练从容地绣着十字绣，望着那专注的神情，我突然想到了老人家纳鞋底的模样。就这样，我有了十字绣情结。

朋友曾告诉我，十字绣来源于法国宫廷的绣法。十字绣看似简单，不过是在专用的十字绣布上按照规定的颜色和图样绣到格了中，由于每个格子刚好是针与针交叉而成的十字形，才被人称为十字绣。绣十字绣时，由于针法简单，图法详细，很多人常常胸有成竹，不以为然。可当你真正绣起来，你才发现绣十字绣很需要耐心与功夫，持劲和巧劲。图标在密密麻麻的小格子，一不留神便会绣错，这样你得全部将有差错的地方拆掉，拆比绣更要费时间与心血，麻烦会很大。这就好比犯错误很容易，但若想弥补过失却难上加难。

有些朋友会急功近利马不停蹄地赶工，恨不得马上就绣完整，获得整幅图的美感与完工后的成就感。于是，忘记过程，直奔结果。这样不但体会不到绣十字绣的乐趣，将享受抛在脑后，反而会越绣越疲惫，越绣越乏味。即使最后获得成功，也没有了当初的幸福。为完成而完成，反复出现的路径只能击碎你的坚持。其实，绣十字绣是一种心情，是一种过程的享受。在跳动的格子中绣出一个世界，即便是几只小鸟、几株小草、几片叶子，也能使你的心情随之跳跃与飞翔。

其实绣十字绣不仅是体验心情，更是一种成长。起初，十字绣布上一片空白，你有的只是心中的信念与目标。于是这一针一线就成了每一天的成长的脚步。或许你并不知道现在的付出是哪一部分，不仅看不出来，也想象不出来。你只是日复一日地忙碌着，努力地付出着、劳作着、期待着，这期间你还会有绣错拆了重绣的时候。

或许曾经你厌倦这样的重复，甚至想放弃，可是最后你不仅坚持下来了，反而还爱上了它，并从中获得了美好与喜悦，自在与悠扬。丝丝缕缕，一针一线的穿行倾注了你的心血与努力，你无法投机取巧，因为每一针都必不可少。直到在完成的那一天，绣布上的图片完整地呈现在你眼前，你感到辛苦的重量早已消失不见，一切都是那么的值得。

面对一幅完成的精美的十字绣，人们深深地感悟着平凡的一针一线蜕变为不平凡的完美。一针穿错，退回来不仅简单，更是明智之举，而那些满不在乎的人只怕会一错再错。人生路上，何尝不是如此，错误谁都会犯，可贵的人在于懂得正视错误，有从头再来的勇气。怕只怕有些人一错再错，直到最后追悔莫及。十字绣也是各种各样，有朴实简单的，亦有绚烂斑驳的。是选择平淡如水的人生，还是选择跌宕起伏、曲折艰险的人生，都要看自己的选择，因为最终为自己负责的只有你自己。

所以绣十字绣可以让人怡情养性。喜欢绣十字绣的朋友，必会少了一份急功近利，多了一份坚持；少了一份浮躁，多了一份淡然。平淡之中寻找一片天地，莫失莫沮丧，不离不放弃。所以，碰到一份自己喜欢的图，即使再难，也要试着一针一线地绣起来，不要过分地追逐目标，体会其中的淡泊与过程中的安宁，让图案在你的手中生动起来，跳动起来，你会发觉，此时此刻作品的完成对你已经不重要了，重要的是，握在手中的质地厚密的绣布、穿行在针孔间五彩斑斓光泽的绣线和你的双手，共同进行了一次艺术体验与艺术创作，期间的心情与感悟并不是绣品可以传达的，而是过程告诉我们的。

十字绣如此，成长如此，人生亦如此。

布置自己的温馨小窝

Bu Zhi Zi Ji De Wen Xin Xiao Wo

一下午的忙碌，小窝顿然温馨而安静，粉色的墙纸使冬天单调而空冷的气息荡然无存。暖黄色的灯光着实使我心安，闭上眼睛，打开音响，让温柔的曲调仿佛流水一般飘满这个小屋，拂过我的心头，给我一丝恬静。尽管一天的劳作，一天的布置与穿梭，而酸痛的双腿再也迈不开步子，依旧不能掩埋我的好心情，一份小小的成就感伴着温暖久久不离去。

伏尔泰说："对于亚当而言，天堂是他的家；然而对于亚当的后裔而言，家是他们的天堂。"每当夜深人静，你拖着疲惫的身躯登上回家的旅程，或许白天还受到了老板的责骂与批评，内心充满了委屈，可一想到家在等你，你的心中便充满了温暖与动力。家是港湾，是驿站，它像父母一样包容你的眼泪，为你分担忧愁，鼓励着你前行。你就像母亲腹中的婴儿一般，在小窝中汲取温暖与养料。

小屋已不再是小屋，而是一个嵌入我们精神的符号，从而成为灵魂的一部分。有人说，家是幸福生活的起点，每一个人都希望自己的家生动而丰富，希望自己的家充满温馨的生活气息，处处流淌着自己的独特的味道。千万不能小看那不经意的一个花篮、一盘鲜果、一簇水仙、一盏烛台，小小的它们不仅会让家立刻生动起来，也会彰显小屋主人的格调，赋予主人的表情。

所以，如果布置自己的温馨小窝就显得尤为重要，既要优雅素净而不张扬俗套，又要在其中表露一丝调皮与独特，这当中可蕴藏了不少学问啊！

当亲眼见证自己的小窝从脑海或是图纸上变成现实，当用自己新奇的想法构思自己的小天地而使它尽量完美无缺，常常会产生意想不到的愉悦。小屋在自己的双手之下，变成自己的王国。

布置之前，对自己的小窝有个整体的构图，小窝不是彩虹，五彩缤纷只会让人们产生审美疲劳，所以根据自己的或成熟或活泼的个性找出适合自己的风格与色调，继而再着手布置才不容易出错。比如，若你中意简约的家居设计，你的饰品与布衣就应该大方而色调典雅；若是自然的田园风情，就应以自然风的家居饰品为主。

家居的不同组合，会有不同的效果。所以高低陈列，重心平衡会让给人祥和温馨的美感。例如，两个相同式样的灯具、两款色泽相同的布衣抱枕，都会产生美好和谐的韵律感。人在这样的空间生活定会舒服而安心。

当感到家中的色彩过于单调与乏味，或是房间略显单薄与空旷时，不妨用植物与花草点缀与美化自己的小窝。花花草草历来是营造情调、制造气氛的高手。但植物不能买得随便，而是要注重细节的搭配，譬如植物与空间的色调，植物与自身花器的搭配，彼此间的搭配和选择都应充满创意。例如，房间较小的就不宜选择悬挂植物，不然会使小窝产生拥挤压抑的感觉，而是可以考虑一些叶子细小、植物低矮的小植物，蕨类植物就是不错的选择，既点缀了小家，又低调地彰显了生气；但如果房间面积较宽阔，则可以考虑些高大的热带植物，如龟背竹、棕榈等，甚至可以高高低低地排开，会发现小窝竟变成了原始森林。其实，花草的摆放与植物的多少，抑或名贵与否并无太大关联，只要摆放得巧，它都能让小窝焕然一新。

摆放了几株花草，是不是还觉得少了一点柔和和女人味呢？在家中的客厅或是起居室摆放一两件别致的蕾丝小饰品加以点缀，你会惊喜地发现小窝顿时增添了柔媚而优雅、浪漫而甜美的气息，这必能为你的家居增添无限的情趣。在家中的玄关处摆一面蕾丝花边的镜子，出门前的梳洗也似乎成为了艺术行为；若亲手为你的化妆盒添置几件蕾丝花衣，它定会娇滴滴地向你撒娇；而蕾丝花边的灯饰最适合摆放在客厅，搭配布衣的沙发定会流露一种华丽的风情。

所以小窝或蕾丝或家纺的布艺，会在小小的细节上映衬着你的风格与内秀，白色和乳白色是首选。它既能体现出小窝的优雅与细致，又能给人带来一次神秘感。想不想做蕾丝世界的神秘公主，让你的小窝就有意韵，又不失疏离与神秘。所以说，像蕾丝或是布衣的摆饰、娃娃、抱枕、桌巾都是既容易上手又有情绪的布置装饰品，而且它们还可以恰到好处地体现你独特的兴趣与品位。

同时，现代生活常常给人紧张压抑之感，咖啡与茶不仅帮助我们解除疲劳，更能营造一种浪漫温馨的小气氛，给自己的小窝一点空间，不大的地盘，就能设计出一个别样的私人咖啡屋。两张木椅，一张各色古香的木桌，摆放窗边或阳台，在周末的时候看书、晒太阳都能彻底地放松你的心情与身体。桌上一些简单设计的餐具、小点心，或是一束鲜花都会使你的心情随之愉快。

发现了吗？舒适而轻松的时光，只需要一点用心的设计就可以营造与实现。浪漫与情趣是生活的润滑油，它会让生活充满温情与浪漫。在布置小窝的过程中，或许还会重拾从前那浪漫而有情调的自己，做自己的艺术家，让艺术在家中飞扬。原来工作与生活的双重压力并没有抹灭生命的狂想曲，反而会让它们的声音更加富有生命力与穿透力。

Zhu Cha Lun Tian Xia

煮茶论天下

阳光温暖，茶气在小窝中飘飘渺渺，不知哪儿来的鸽子站在干净的阳台“咕咕”作响，像一个老朋友，与我在假日午后的茶香里感受一份宁静。

煮茶、喝茶是种享受，当褪去一身的疲惫，回到家中，泡一杯清茶，看片片细小的茶叶在纯净中升腾舒展，一丝茗香沁鼻而流入胸中，疲倦也在清新中轻拂舒展，香气顿时将心中的郁结驱散于九霄云外。静静地煮茶，让茶的香气在空中弥散，茶香四溢，飘逸幽香，轻酌浅啜之时，让思绪飘荡在茶香中。喝茶，清茶仿佛是在涤荡灵魂，让苦闷与紧张全部浓缩与定格在香茶的色泽与幽香之中。

仔细看“茶”，我试图去发现我们祖先关于“茶”的秘密？古人解“茶”，意为人在草木之中，可谓费尽心思，匠心独运，天衣无缝。所以，在家中庭院抑或园林如此绿荫覆盖、芳草如茵的地方喝茶，着实是一大美事。文人墨客、普通百姓，只一个木椅，一壶开水，一罐茶叶，就能当起神仙，清净而安逸。直到最后，醉了、痴了，分不清是茶叶的幽香还是园林的芳香，抑或是经过洗涤的灵魂的幽香。煮茶论天下，在情在理亦在趣。

书桌上摆放着关于茶的书籍，一边品茶，一边翻看茶的悠远文化。追溯过往，喝茶的历史久远而留香，常常提及的茶圣陆羽终生爱茶、品茶，并为茶文化的繁荣发展做了极大的贡献。茶圣陆羽说："茶者，南方之嘉木也。"茶是茶树上的叶子，因采摘时间与制作工艺的不同而种类繁多。无论如何，茶文化不再是贵族名人的专利品，而是大众的享受与喜爱，即便它的清醇并不显眼、不算馥郁，但依然占据着人们的精神与灵魂，丰富着我们的精神生活。

你是否想过，在一个燥热的下午，约上三五好友，来家中品茶。其实，从禅学的角度而言，茶的内涵是指"舍"和"予"，青青茶叶原本就是茶树上那一片嫩芽，因寻到有缘茶农，而舍弃了自己的生命，经过烘焙炒制成茶叶后，又无私地给人以清凉、幽香与安宁。所以，约上好友，常来常往，茶是纽带，也是难得的缘分。遇到好茶，便与好友分享，从好友眼中飘来的阵阵幽香与冥想，你自身也会身处满足，流连忘返。一边饮茶，一边与好友畅所欲言，家事、国事、身边事，茶的幽香让人们更加惺惺相惜。

茶幽的香气似曾相识，穿梭于人们的记忆中。曾经温暖而悠扬的画面缓缓闪过，随即又慢慢模糊淡弱，只留下一丝微弱的气息，却又在周遭恣意穿梭，把你带到漫无边际的想象中。

听茶、赏茶着实是一大乐事。茶杯中，是茶的翠绿，仿佛山林中的绿芽映衬在清流的溪水之中。看着小叶子的旋转与浮动，速度直至减小，你的脑中是否印有茶圣陆羽早早晚晚深山采茶之景，是否想起苏轼漫游杭州饮茶七碗而后戏书之景……小小的一杯茶，可以让你想到一片碧绿的丛林，想到梦想，想到天空与大海，想到花草与飞鸟，想到过去的人，未来的事，于是喝着喝着，你就醉了，睡了。当你一觉醒来，仿佛梦一般，只留下身心的舒缓与放松。

古有圣人，饮茶之时，注重一个“品”字。茶香不仅给人精神与肉体的抚慰，更给人以心灵上的冲击与觉醒。如今，生活在现代社会的人们，常常因为工作的繁忙，心力交瘁，早已忘记那些闲情雅致。这样的人很难体会喝茶的怡然自得。快节奏的生活早已把耐性磨光，又怎能从煮茶、沏茶、品茶的程序中体味出喝茶的无限乐趣。因此，对这样的人而言，茶常常让人不屑一顾。其实，品茶并不是闲人的专属品，在百忙之中，为自己泡上一壶清茶，选择静雅之地，自斟酌饮，亦可以神思遐想，涤烦益思，领略茶的情趣，振奋精神。

所以，一个人品茶，会有别样的乐趣。当你读书与工作无法平心静气地阅读与沉思时，不如为自己泡一杯香茶，你会惊奇地注意到，茶的缕缕气息缓缓升腾，它们慢慢地扩散远离，消失不见。若无风时，茶气如大漠孤烟奋直向上，仿佛已寻到笔直而狭小的小路通向未来，甚至通向那浩淼的宇宙；忽而，一阵微风袭来，它们便曲曲折折，四处飘荡形态各异，不拘一格，既大胆放任又蕴藏柔美，仿佛二月的层层云朵，翩翩起舞。品茶之中，似乎有古代文人做诗词书画，极富格调与意味。所以喝茶不是解渴，而是品位茶的醇香，茶的味道，茶的精神，茶的文化。

总之，在都市里闹中取静，或身处园林，或独处家中，或清幽一人，或三五好友。无论以哪一种方式喝茶，都会让你的身心得到放松，让茶香不仅留存在你的周遭，你的口中，更留在你的心中，你的脑海。几杯茶，几首乐曲，捧一本闲书，让自己彻底的放松起来。当你从茶的世界转身而出，你会发现你的思绪不再拘泥于世俗的物欲之中，精神饱满的你不仅为工作而工作，更为生活而生活。

煮茶论天下，这样的情趣不是奢侈，更不在天涯，它就在你的身边，只要你愿意，它就会来到你的身边，给你恬淡，给你轻松，给你一份更广阔的生活空间。

两个人的提拉米苏

Liang Ge Ren De Ti La Mi Su

听说，每个女孩心中都有一块提拉米苏，也因提拉米苏而爱上了蛋糕。蛋糕店的师傅曾告诉我，提拉米苏在意大利文中意为“带我走”。这一句美好的句子，说过，喊过，却没有人真正记住过。提拉米苏却让自己留在他人的记忆中，充当美丽的布景，好似藏在风中的那些难以破译的密码，如同青葱岁月一般，静静守候。

常常在电视剧中看到女孩亲手为那个他做一份爱心便当，或是一份可口的爱心蛋糕。无奈常常在工作之余，无暇为自己心爱的人做一份爱心蛋糕。一次和他散步，路过一家温馨的蛋糕店，他悠悠地说，蛋糕常常像一片片云，悠闲地飘散在湛蓝的天空上，洁白无暇，清新魅力。它们静静地守候着，遇到对的人会心甘情愿地将自己融化成晶莹的水滴，洒向天堂，这是一种放弃与归属的美丽。

我静静地听着，却不曾想到粗犷线条下的他竟有这般的柔软，于是在心中告诉自己，为他，也为自己烘焙一块爱心蛋糕。

来到常常光顾的小店，耐心地和蛋糕师从点点滴滴学起：加入浓咖啡与酒，加点糖，静静地看着浸泡其中的饼干慢慢变软；分离蛋黄，缓缓将奶油与酸奶伴着蛋黄一起搅匀……终于，忙忙碌碌中，我小心地将提拉米苏料倒入底部，铺上用咖啡泡软的饼干。一步一步看似简单的步骤，却蕴含着微妙的情绪，仿佛手中不是提拉米苏，而是伴随着美好与爱的梦想的实现。

忙忙碌碌，24 小时过去了，蛋糕的阵阵香味弥漫在整个房间里，咖色的起司镶嵌在蛋糕上，像一颗颗麦芽糖那么雅致，一闪一闪的烛光也显得那么温馨。他的眼睛泛着感动的泪光，那是久违的心情的交汇，一口气吃下好多，并说我是天生的发明家，把提拉米苏做得如此独一无二。而我竟傻笑起来，笑他这么大的人，竟然孩子般有蛋糕情结。

面对生活的紧张与繁琐，常常无助而空虚。却发现生活从未离开，只是自己失去了寻找美好生活的心灵与勇气。一块块提拉米苏伴着房间泛着黄晕的灯光像一个个音符，组成一曲爱的歌谣。和爱的人一起品尝亲手做的提拉米苏，好似这是一场梦。星星是天使的故乡，蛋糕上飞坠流星的点缀，好似小时候美好的愿望，在无垠的苍穹中用尽一生的光芒去换取。品尝着，我闭上眼睛，想象自己重新如小时候爬上了屋顶，在高处静静地凝望星空，看天上星星的眼泪，寻找青春的流逝与纪念。

烘焙一块爱心蛋糕，看梦想与爱在自己的双手中诞生，看心情在浮华的城市中沉淀。这是一种爱的表达的方式，也是一种爱的归属的寻求。曾经徘徊在梦想的边缘，而被生活的琐碎所左右，在抱怨生活无聊的同时也被生活所抛弃。我问自己，多久没有如此用心地为自己的他送上一份感动，这份感动与物质无关，却与心情与生活有关，与付出与爱的方式有关。

阳光清朗，因为不熟练，厨房有些杯盘狼藉，而我也有些狼狈不堪。可是他却说，时光好似回到了几年前，那时的我热爱生活，懂得生活，恬然而让人心安。我忽而感谢这块爱心蛋糕，它不仅让我重拾生活的美好情趣，不仅为我的他带来一份感动，更在这份忙碌中净化心中的尘杂。脑海中天马行空的想，笔尖行云流水的记载，阳光暖洋洋的撒在我的身上，我幸福得不知所以，也许，幸福也可以无关于全世界。

阳台上，一块小小的爱心蛋糕，一杯浓浓的卡布奇诺，一把凉椅。屋中卡洛儿的音乐如溪流中缓缓流出，流进空中，好似咖啡一般的绒丝带。阳光细细碎碎地洒在阳台上，大片大片的温暖却不刺眼，如同一张柔和的纱，包裹住全身，肆意舒展，它轻轻地触碰我全身的每一处肌肤，如同妈妈的手，白皙而修长，空气中弥漫着阳光甜蜜蜜的味道。我如同一只疲倦的小猫，慵懒地度过一个美丽的午后，笑容慢慢浸上双颊，凝结成一朵晶莹剔透的幸福之花。

我惊奇地发现，不知什么时候，几只小鸟竟在阳台上筑起了小巢，它们似乎有些疲惫，在安静地睡着。于是，我和他一边吃着那块爱心蛋糕，低声细诉生活。内容无关忙碌的工作，无关事业的困惑，而单单是简单的生活琐事，真实而轻松。不知什么时候，微风渐渐扶上我的眼睛，阳光为我覆上温暖的毯子，我缓缓入睡。睡梦中，他为我拿掉还未吃完的蛋糕，将我抱到床上，为我盖上薄被，推门而去。

一块爱心蛋糕，竟不曾想到会带来如此意外的惊喜。烘焙一块爱心蛋糕，我懂得了如何爱一个人，如何经营一份更美好的生活与感情。它仿佛一缕幽暗生活的阳光，照亮我的生命之旅，也照亮心底的一抹漆黑。有多久没有这样安静地一边吃蛋糕，一边喝咖啡，一边和爱的人享受生活。不需要刻意地制造气氛，不需要昂贵的物质支付，只是一颗懂得生活的心，一颗爱他人、爱自己的心，就能改变现实生活。

当再次睁开眼睛，已是傍晚时分。他早已将一天的狼藉收拾得干干净净，灶台上炖着我最爱的莲藕汤。他笑称，吃了一块爱心蛋糕，还想再喝爱心煲汤。泪水顺着脸庞滑下，我听见，幸福的声音在轻轻敲门。歌声与笑声交融，和着阳光一起撒遍每一寸土地，一种淡淡的被我们称之为幸福的东西也在土地中开始滋长，收获满园的芬芳。

Part 2

别样生活

化装舞会，谁识谁

Hua Zhuang Wu Hui, Shui shi Shui

部门聚餐，新来的学生说光吃饭不给力，想要点刺激的。

有人提议化装舞会，每个人还得带上面具，12 点的时候同时摘下。

“那如果面具下不是薛绍而是张易之，岂不危险？”有人抢白一句，大家都笑了。

部门的女生大概都迷恋过文艺腔的《大明宫词》。面对剧里剧外那个温润如玉的男子，少不得有小太平一样的赞叹：我从未见过如此明亮的面孔，以及在他刚毅面颊上徐徐绽放的柔和笑容。我 14 年的生命所孕育的全部膘脆的向往终于第一次拥有了一个清晰可见的形象。我目瞪口呆，仿佛面对的是整个幽深的男人世界。

十多年前的惊艳，不觉《大明宫词》也是上个世纪的黄花了。它最火的时候，寝室内部检点各自收到的情书，一多半抄了那段著名的皮影戏对白：这位姑娘，请你停下美丽的脚步，你可知自己犯下什么样的错误？

年光往事如流水，休说情迷。趁着年轻，我们还可以做一些美好而危险的事。于是举手附议，化装舞会。

有人说独乐乐不如众乐乐，干脆把上下几层写字楼的兄弟姐妹都召集来 Happy，也给猜人增加些难度，说不定真有平时暗送秋波到时真情告白的。

兰佩紫，菊簪黄，殷勤理旧狂。回家便取出了极少上身的闺门帔，悉心熨烫，抚平上面的每一条可能的皱褶。将脸贴在浅黄的帔上，大抵有些激动得发烫，不知是为即将上演的颠倒衣裳，还是为机会渺茫的匹配鸾凰。

说不上耳濡目染，也许是附庸风雅，我顽固地眷恋着昆曲，那水袖勾搭眼神交汇的暧昧缱绻，那宛转咿呀的南腔水磨，崔莺莺的临去秋波一转，杜丽娘的打并香魂一片，从来让我目眩神迷，心跳如鼓。稍有闲暇便四处追着老师拍曲捏戏，至今不敢上台露怯。穿着水衣在小区的花园练晨功吊嗓子，恍惚间觉着这里就是荼蘼架外，那里就是湖山石边，袅晴丝吹来闲庭院，摇漾春如线，惜从不曾遇着谁家少俊来近远。

勒头，吊眉，贴片子，点翠、珠花，泥金扇子，一样一样地备好，镜中多了一个妙龄女子世家小姐，巧笑嫣然，恰三春好处无人见。

浑身妥帖之后，不禁入戏，出门时的碎步亦带上了点跑圆场的轻快。

此刻是真正的锦衣夜行。城市的灯火辉煌，撒在身上亦是流光溢彩，一如我雀跃的心情。

快走进舞会大厅时，我换上了那个嬉皮的面具。原以为只有自己的这一身加面具是不伦不类，推开门所见让我怎么也绷不住，拿扇子半掩着脸一阵好笑。穿着紧身战服的凌波丽、宽袍大袖的大长今、梳着飞机头穿着窄脚裤的洋场小开，脸上俱是一副猫头鹰的面具，混搭真是风情无限。唯一不带面具的，是一位搞了一套熊猫人装备的仁兄，但是他的眼眶亦是黑的！

舞会开始，首先居然是才艺表演。旁边有人高呼：这不是在剧透了么？！立刻就有人指指点点，他的面具可以不用带了。

尽日相逢电梯间茶水间，少不得寒暄几句，跳舞倒罢了，唱歌说话还是约莫猜出是谁吧。

果然大都选的是肢体展示，熊猫兄走了一段秀，凌波丽拗了几个造型。平素不在他们面前轻易张口的，我倒是信心满满地来了一支《山坡羊》，没乱里春情难遣，实则口不应心，先前一点绮丽心思被会场的欢乐全给冲散了。

倒是那个小开让人不由得另眼相看。他唱了赵丹的《春天里》，音质高亮而有磁性，几可媲美原声。“朗里格朗朗里格朗没工作也得吃碗饭 / 也得住间房哪怕老板娘作那怪模样”，唱至此处，会场里掌声嘹亮，大家俱是深受老板压迫的阶级兄弟。

我侧耳辨认半天，还是没觉出是谁，大抵是楼上别家公司的职员吧。

才艺完后就是真正的舞会了，慢四，因着外国公司的纷纷入驻，在本埠的职场倒也普及。只是本场的装扮不太和谐，两两捉对厮杀，看上去未免有关公战秦琼的滑稽，比如当我和那个小开手握手跳在一处。

是没有想到小开会来请我的，毕竟他刚才一曲博得太多眼球，有不少“女性”向他伸出了橄榄枝。

并没有婉拒他的盛情，只为他直直地走到面前，弯腰，抬眼，居然一口正宗的韵白："姐姐啊姐姐，小生哪一处不寻你，你却在这里。"

难道昆曲已经普及如斯？我一边在他的臂弯下旋转一边思忖。

几曲舞毕，微微有些汗意，正想借口休息，不料谁把灯关了，整个大厅陷入黑暗。这是约定好的摘下猫头鹰的暗号了。

去取面具，脑后的点翠簪子勾住了面具的线，颇费了一番拆解功夫。等我抬头看他，已经是灯火通明了。

原来是你。楼上律所最年轻的合伙人，剑眉星目，长得也像赵丹。在飘满咖啡香的茶水间唯有二人接水续茶，一人是他，另一个是我。两人聊过几回，从大红袍到南音，从武夷山到朱熹，倒也是相见欢。

"果然是你。"他的声音透着欢喜和确定。"多少次看着你泡茶，十指纤纤，不知道有没有机会相坐对调笙呢？"

多年来我孤凤野鹤飘四方，空谷未闻幽兰香，都只为知音未得情难托，因此我年过而立未求凰。他唱着张羽煮海的调子，却说了句牡丹亭的念白："姐姐，咱一片闲情，爱煞你哩！"

Yi Ge Ren De KTV

一个人的KTV

周五五点，格子间里的人口密度却不像往常那样急剧下降，三三两两地如地下工作交接一般凑在一起。我素来不惯凑热闹，慢悠悠地收拾着抽屉。

“美女，晚上有约吗？”他走向我。“阿弓忽悠了一帮人吃饭唱K三国杀，不如一起？”

我是很愿意和他单独去的，是的，这就是传说中的办公室的单相思。

他常在博客里讲述读书心得，我每每见了，也去找出同样的书来读，然后披着马甲给他留言。在网上我们甚是熟络，回到线下，不过一间办公室的点头之交——我不大愿意借着集体活动的由头去接近他，害怕自己的情绪会在办公室的冷气没有照顾到的角落泄露。职场拼杀到现在，个个都是人精，目光如炬，我想我承受不了被漠视或者被嘲笑。智者是不打没有把握之仗的。

“不去了，我不爱唱歌。歌里的爱情有时候就像射进石窟门里面的阳光，可以治愈心伤，却又在拆线的时候提醒你不要沉湎在健康的幻想里。”我就知道一碰到他我就有语言泛滥的冲动。

“精辟，邀请思想者唱歌果然是不可能完成的任务。”他嘴里打趣着，脸上却是惋惜。

我不由得有点心动，对于他眉头微颦的样子完全没有抵抗力。心想你若再坚持一下，我就和你们一起。

他却笑着离开了我的桌前，说着下次一起。看着同事们勾肩搭背鱼贯而出，心里也还有一丝庆幸，看，人家果真当你是普通同事，没有上赶着贴人冷脸的。

心里不是不失望的。漫无目的地走在城市的街头，高楼望断，灯火已黄昏。独自在外省学习工作，对于这个已经生活了近十年的城市，我除了无比适应它的高速运转的节奏外，始终是个过客，独自上班，独自做饭，独自想念。

路过一家 KTV，真是怕什么就来什么，心里的忧伤又重了一分，已经快成了冬眠的哺乳动物，不知道自己在下一个春天能否顺利醒来。

刚刚迈开步子，心里又有些不甘，不想回去对着残羹冷炙发呆，一个人为什么不可以放浪形骸？神差鬼使地走了进去。

前台小姐略带诧异地目送我独自进了最小的包房。

包房里灯光明亮，我也没去调。先在点歌机上看新歌，果然大半都不会，我不免嘲笑自己心境的苍老，胡乱点了些熟悉的老歌。

第一首是哥哥翻唱的《当爱已成往事》，MV 全是《霸王别姬》的镜头，光影流动，那个风华绝代的人没有等到他的霸王，没有实现那个与子偕老的梦想：“说好了一辈子，少一年一个月一个时辰都不算”。“不要问我是否再相逢 / 不要管我是否言不由衷/为何你不懂/只要有爱就有痛/有一天你会知道/人生没有我并不会不同……”独自唱着，也许我和他本来就是两条平行线，不过擦肩而过，并不曾真正相逢。

然后是《广岛之恋》，把男声唱的部分空出来，“只要今天不要明天”，我大抵就少了这样一种孤绝的勇气。

然后是《北京一夜》，“我已等待了千年为何良人不回来”，高高低低，哀哀怨怨，我也不知道自己内心的勇气是否足够支撑这份暗恋的心情继续下去。愿此生长相守怜我怜卿，无论在舞台上还是在生活中，这似乎都是一种奢求。

夺他人之酒杯，浇自己之垒块。唱的是别人的歌，体会的却是自己的生活，歌与人生又岂是那么容易分开的？先前果然没有说错，我不是不相信歌里的长相思摧心肝，而是太相信，所以走不开拔不出，稍微触碰便是鲜血淋漓。

不知唱了几个小时，声音已经嘶哑，脸上的泪也快干了，终于有种发泄的快感，心里大概也像身体一样脱水，倒也松快许多，唯一剩余的理性提醒着我应该离开。

顺手切到了最后一首，居然又是哥哥，88 年演唱会的《访英台》。看着屏幕上出现那个年少风流的白衣男子，精灵一样地又唱又跳，真是恍若隔世。

起身拉开门，却发现他站在门外，以为是自己眼花，正待揉眼睛时听到他的声音：“是我，你没看错。”

我心里漏跳了一拍。“你怎么会在这里？不是和阿弓他们灯红酒绿去了么？”我自己都没觉察出话里隐隐带着的酸意。

“这句话应该是我问你才对，以前只听说人喝闷酒，没想到还有人唱闷歌。”他的语气有些无奈，我突然觉得他的笑十分可恶，扭头不理，转身欲走。

“擦擦，出去吹了风脸会疼的。”他急忙往我的手里塞了面巾纸，尾随我出了大门。

我更是窘迫，快步想赶快离开这个地方。他跟在我后面：“为什么最后一首不唱了。”

我没好气地说：“哑了。”

“也对，这首歌本来该我唱。凤凰山，凤凰山，家有牡丹等我攀。河中鹅呀河中鹅，我山伯真是个呆头鹅。”

他居然哼起来了，一股子荒腔走板。快走几步跨到我面前，拦住我：“不过你这个贤弟也是半斤八两，难道不知道世界上有个东西叫 IP 地址。如果有心，我怎么会不知道是谁每每和我心有灵犀，是谁写出那样有生命的文字？”

“我原本想借着这次唱 K 直抒胸臆的，没想到某人却躲开了。没关系，你躲了我就追，下次再唱《广岛之恋》时，可不可以把另一个话筒和你身边的位置都留给我？”

精心装扮自己，约会心仪的“他”

Jing Xin Zhuang Ban Zi Ji, Yue Hui Xin Yi De “Ta”

我们算是同事吧，一个高校的老师。专业传统地讲相去不远，不过一个做四部的史，一个做四部里的集，俱是一样靠故纸堆过活，只恨现代学科分得甚细，两处院落，笙箫别听。唯一非刻意的见面时机就是新年团拜会，千万人中间匆匆一唔，彼此近视都还不浅，也不知如何能隔山隔水眉目传情，大抵从学报知道姓名，再从院网上观瞻一下模糊扭曲的证件照，也算是认识了。

教研室早一年工作的师兄，老婆是他们学院的教务秘书，婚姻和美之余愿意造福周围的大龄困难群众，两厢说开，均表示愿意见见，约了周末一起去故宫看历代官窑瓷器展。

教研室里单身的老师不多，每每开会时我们几个便成了大家言语着力浇灌的对象，中人师兄尚不曾到场，只能自我牺牲满足熊熊燃烧的八卦之火，心里颇有些无奈。

心灵美都是男人此地无银三百两的幌子，盘正条顺才是王道。一位长期卖身档案馆，头发多年不曾过肩的女老师咬牙切齿地叙述她狗血的相亲经历。此人衣服常年着黑，曰把挑衣服的心放在抄敦煌卷子上仿佛更值。虽说有“要想俏一身皂”的民谚，但黑色于日常生活总是沉闷，怎敌过那些XX后衣着光鲜穿花拂柳而来。她被父母逼着相亲多次，仍不曾获得红鸾星的青睐。

她的打击面过广，一旁的小宋便忙不迭地摇头，表示自己作为高级知识分子，绝不会堕落到只欣赏皮相。小宋是刚分来的博士后，对着这群年龄分布从妈妈到大姐的女性从来都是你有来言我有去语。

“那也没见你开会坐我旁边，总是坐沈老师旁边，我知道人比我漂亮。”许是对着档案日久对着活人日短，这个女老师说话过于直，两句话就把我也给绕进去了，我和小宋面面相觑，不禁都讪讪地不好开言。幸得此时师兄跟着教研室主任一起来了，会议正式开始。

会后师兄拉着我到了角落，踟蹰半天，红着脸就说了一句：“她倒也没说错，你倒是本钱不错，周日好好拾掇一下见人，争取一举拿下。”

我最好的品质就是从善如流，于是周日清早便起来修理自己的壳子。本钱不错，换成我们专业的惯见表达就是“中人以上之姿”，不过拿粉笔的手总是不惯拿眉笔，化妆技术平平，大抵也是画不出“金色鲤鱼在水面朝”的惊艳。我对着镜子很有些恨铁不成钢，索性只淡淡地敷了层美白乳液。

如果今日彼此看中，以后倒不愁无人画眉了。想到这里，忍不住脸上发烫，暗暗自嘲，镜中人的两颊也是绯红如桃。

人靠衣装。从柜子里取出一件麻布的连衣裙，白底上深蓝色的牡丹，从下摆一直开到前胸，有点元青花的意蕴，却也不像惯见的缠枝牡丹那样繁复呆板。当时在商店里看到就爱不释手，一咬牙便买了下来，这还是第二次穿。

鞋子也是那次买的。棕色的鞋面上订着一条彩绣的鱼，鱼头在左脚，鱼尾在右脚，还有水草在鞋帮出没，双脚并在一起，便多了几分缠绵的味道。

头发就披着，没有像平时一样一丝不苟盘上去，青丝缕缕间隐约可见耳上的老银耳环，右手上也是同样质地的两个细镯子，远远行来想必有环佩叮咚。

站在穿衣镜前，对自己这一身总体满意，提着手绘的帆布包出门。

很快也在他的眼神里读出了赞赏——透过密密的睫毛，惊喜和惊艳排闼而来。

他面相清癯，却也是做近古史的标准相貌。

一行并无多言，只是安静地随着人潮来到一个个展柜前。官哥汝钧定，金丝铁线，雨过天晴，都是极好的藏品。我不太懂，他倒算半个行家，领着我一点点看穿历史的包浆，去仔细揣摩这碎片里的白云苍狗世事如棋。心里暗想，即便事不谐，今天的展览业也值回了票价。

他指着一个白色的碗笑道："像你。"

"原来是甜白釉，我还以为你会说是元青花了。"

"青花不过衣裳。甜白釉温润甜美，釉色剔透，沈老师的相貌气质，大概也只有它差可比拟了。"他一字一句，直看着我眼睛，说得认真。

赞美总是让人欢愉，何况还如此应景。我嘴角勾起的幅度变得更大，觉得今日气氛正如好几件展品的绘图，一般无二的良辰美景花好月圆。

他的手机震动，我无意瞟见居然是师兄来的短信：“怎么样，称得上如花美眷吧？我的谢媒酒看来是跑不掉了。”

我的手机此时也是震动，不由得抬头对着他一笑，不是不尴尬。他还我一笑，羞涩间还带着一丝期盼，我只觉得天光云影山温水软都化在了他的眼中。

话到其间腼腆，我不知道此刻是不是该守一点女子加知识分子的矜持，删来删去索性没回。

他回复的内容我很快便从师兄那里知道了：“早难道好处相逢无一言。”

Piao Liu Qu……

漂流去……

提前做完五一的大稿子，部门决定一起 High 一下，组织出去漂流。不好运动，水性平平，本欲推迟，他走过来笑道："一起去吧，水边凉快。"说完又故作低头深思状："妙龄少女从不参与集体活动，这样孤绝为哪般？"

一时间满室笑声，我也不好直接推辞，换了个借口："你们刚才不是说骑自行车去吗，我是没有运动神经的人，从小就没学会骑车，怎么跟上大部队啊？"

"谁说要骑车去？还真当十五六岁春游骑车逛十三陵水库呢。一群人老胳膊老腿的，等骑到了，天都要黑了，再一漂估计骨头都散了，谁来收？"

"呸呸，童言无忌，姐姐我还很年轻。"旁边来实习的女生作势要打他，他一向和实习生没大没小的，自己本来又生得年轻。

"好了，有车的开车去，没车的蹭车去，我知道我离你家近，周六一早开车来接你成不？管接管送，保证全须全尾地把你还给你男朋友。"他半是打趣半是认真地承诺。

“游姐姐没有男朋友的，你是不是想抓紧这次机会啊。”实习生又抢在我分辩前插话了——她来两星期，明眼人都看得出她喜欢他，只要是他有出去采访的机会，哪怕是只能捞着整理录音稿的活她也巴巴地跟去——这句话说得酸意十足，姐姐两字狠狠地咬了重音。

我不由得暗自发笑。

“好了，笑得心满意足的我就算你答应了，到时别嫌弃我的小 QQ。”

周五收拾东西，为穿什么颇费了一番心思——总不好继续让人当姐姐嫌弃——衣服东一件西一件的铺满了床，不免自嘲骨头轻。为悦己者容，为了找到悦己者，自然要好好拾掇一下。

翻来翻去，周六早上出门时却是做学生时最常的装扮，短袖T恤，牛仔七分裤，双肩包帆布鞋。他看见我，嘴角一勾，“平时少见你穿得这么随意，还以为你衣柜里全是衬衫。”

他和我单独说话时比平时拼选题时随意，却又比和大家说话少了几分戏谑，我自己反倒话多起来。

“你直接说我装嫩了。”我白他一眼。“你又不是没从小记者做过，财经记者不该往成熟正式里扮，不然人家以为你是实习生单独出来采访，说贵刊对我们不重视。”

“换双平跟凉鞋吧，待会船上鞋湿了脚泡着难受。”他接过包却没让我上车。“记得洗手，给你带了庆丰的包子。漂流时间不好控制，指不定什么时候能吃上饭呢。”

我换鞋下楼，他开了副驾驶的门。“不好吧，坐这里你女朋友知道会误会的。”希望他没有听出我是有意的试探。他笑着摇摇头，也不知道是没有女朋友了，还是说不会误会。

“你怎么知道我不吃早饭的，包子不错。”

“和你一起进报社的同学说的。你当年是学校有名的拼命三郎，晚上睡得极少，为了上午听课时不至于睡着，从来不吃早餐，省下消化的血液用来供给头部。”他又笑了，涩涩的，似乎隐隐有些心疼的意思。我低头吃包子。

到了目的地，换好救生衣，他极自然地和我上了同一条橡皮艇，实习生很是不甘，往我身上挖了好几眼。

开始水流湍急，我不免心有惧意，坐在船边怕掉下去，也不管身边是谁，紧紧抓住了他的手。一个浪头打过来，惊叫声四起。

他索性拉过我搂在胸前，我不惯与人做这么大面积的身体接触，挣扎着回头看他，他解释地笑，“嫂溺援之以手者权也。”

原来我们不过是授受不亲的男女，我一时间心头苦涩，觉得之前的暧昧印象全是自作多情。待到浪头过去，稍稍拉起身子离开他的胸口。

又是一个大浪打过来，我们的橡皮艇被冲到了礁石的方向，他一把又把我的头按回了他的胸口。

好容易到了平缓的河段，我重新挣出了他的怀抱。

“汉有游女，不可求思。”他幽幽地叹道，声音几乎被水声哗啦全盖住了，似有还无的哀怨。

我怀疑自己听错了，心里的小火苗却不愿意熄灭，试探地抬头看他：“江之永矣，不可方思。”

“欲渡无舟楫。同行是冤家，又是直接的上下级，如何迈过那些蜚短流长。”

他一听眼睛顿时亮如闪电。“你放心。”他伸手抹去我脸上溅上的水珠，京郊4月底的水还略有凉意，他的手指却是滚烫的，抚过哪里，哪里的肌肤都有火辣辣的灼痛。

回去的路上，许是太累，许是真的放心，我在他车上沉沉睡去。一路无话，一个假期也没有联系。

许是那天的阳光太好，我误以为我的夏天已经到了。

整顿心情，节后回到杂志社，开选题会时却没有见到他。实习生恹恹的："游姐你不知道吧，他节前就打了辞职报告，要脱产去读研究生。"

我心跳不可抑制地加快，拨通了一个假期都忍住没有删去的电话。

"你下楼来。"

我到楼下看到正抱着纸箱往QQ里送的他。"为什么？"

"胡舒立都去中山大学当院长了，我也早就想回炉重造一下，都是中层干部了，才发现上学时光顾实习，理论能力不行，怎么收服得了你这样的名牌大学生。"

他见我不说话，顿一顿又开口了。"以后我没有进项，可得靠你养。"他笑得格外灿烂。

"谁答应你了。"

"什么？我那天下午开车回来时想了半天，晚上就写辞职信，一假期都在联系导师准备考试，你可不能就这样辜负我了，我还想学习你的拼命，一天花18小时来学习，早上不吃饭提神了。"

我又好气又好笑，盯着他还是不出声。

他拉过我抱在怀里。"汉有游女，不可求思。之子于归，言秣其驹。我才不要在你出嫁时只做喂马的人，我要做那个轿前骑马的。"

去天桥摆回地摊

Qu Tian Qiao Bai Hui Di Tan

我行过许多地方的桥，看过许多地方的云，但并不喜欢把风景收进单反，带回到规规矩矩的日常生活。照片收不进我在风景里的顾盼神飞，风景在我眼中的妩媚情浓。美好的，青山绿水，白草红叶，俱被那薄薄一片纸给板结下来，仿佛干花，早已失掉了花开刹那的心动。

于是在大家等着挤着排着照相的时候，我总是转身拐进了旁边的小巷，去寻觅些精巧的、稀奇的玩意儿，贪看阳光在石板和小摊之间，在我和当地摆摊的妇人之间流连。每每出游归来，行囊总是鼓胀着，自己就有倾吐的欲望。

二游乌镇，或许因着老板娘的巧舌如簧，或许因着蓝印花布上的故事太美好，一下子买了三条披肩，俱是印着西厢。秋风起，胡乱裹着“长亭”进了写字楼，电梯里遇到了楼上公关公司的 HR。

“好漂亮的披肩，哪里买的。”她眼里满满的欣羡。

“乌镇。”点头之交，并没有倾诉的习惯。

“这印的是西厢记吧？”

她看到我眼里的诧异：小时候被姥爷压着背诗词，万里家山都没记住，晓来谁染霜林醉，总是离人泪，儿女情长倒是过目不忘。

她轻笑，思绪延伸向回忆，不免有些飘忽，转瞬又殷殷地向我看来：你这袭卖给我怎么样，我披着回去讨老人家的欢心。

“我家里还有‘惊艳’和‘听琴’，这条就送给你吧。”一件物什能遇上读懂它的人，如同俞伯牙遇上钟子期，总是难得，我满心想成全这份机缘。

“送就不必了，算我给你的‘运费’。”她复又娇笑着，“我把‘离别’拿走了，成全你手里的莺莺和张生，永远停留在最美好的时节，今宵勾却相思债，月圆情浓。”

相视一笑，预告降温的秋日早晨霎时间也有融融的暖意在流淌。

我和她便这样熟稔起来。

她来到我的蜗居，看到那满屋子的零零碎碎，不由得又嫉妒又好气。“哪有你这样满满当当放一屋子的，只知道买，不知道摆。‘久居芝兰之室，不闻其香也。’”

“那你说怎么办？”之前和她一起回过家，知道是怎样的家庭才养得出一眼就能看出西厢记的女子，想着她家里的博古架，我有请教的意思。“总不能都叫你匀了去？”

她想了半晌：“你干脆开个店卖掉一些吧。”

“哪有那时间？我不吃饭了？何况也没有本钱。”

“嘿嘿，周末啊。阴天上天桥，晴天里你就钻过街的地道啊。摆个小摊又不要本钱。”

“城管来了怎么办？”我怀疑她说的可行性。

“跑啊。”她敲敲我的背脊，“这把骨头早就该练练了，可不就是未老先衰么。”

我居然真被她说动心了，周末便收拾了一堆食之无味弃之可惜的“鸡肋”，去了离家两三站的一座天桥。

摊开她友情赞助的塑料布，布上再铺一大张扎染的花布——当时买的时候老板告诉我可以用来给大彩电遮灰，几年过去了，却也还不曾找到一个人，可以一起坐在沙发前他看电视我削水果，便是肥皂剧也是一股子岁月静好的意味——大彩电，自然也是没买的。

拿出一个无锡带回来的泥人，别人都爱买大阿福，我却神差鬼使地请回来一尊太白醉酒。太白斗酒诗百篇，小时候做过文豪的梦，绣口一吐，就是半个盛唐——可请回来放在满是会计用书的书架上，太白先生若是知道，大概也会皱眉——这尊泥人后来被一个研究生买走了，说是打算送给导师，教中古文学，有太白的文采风流，也有太白的酒量。“以前送水果他老人家都不收”，他讪讪地笑道，“这回他对着诗仙大概不好扫地出门了”，惺惺相惜总会有的。我很高兴做成了第一笔生意。

拿出一把桐乡的二十四骨油纸伞，当初买时脑子里全是戴望舒书里的倩影，想象自己撑着伞，也能变成别人眼里结着丁香一样愁怨的娟好女子，全没考虑北方风多雨少。附庸风雅地撑过一次，伞面全是黄色的痕迹，不知是沙还是灰，回到家一边清理一边心疼——伞后来被一个票戏的女孩子买走，说唱《白蛇传》借伞正缺道具了。舞台上的爱情，大概不会蒙尘。

第一次的战果不错，东西去了大半，钱也收回了成本，最后连垫在底下的扎染都被买走，按着我转述的说法，装饰了某个小家温馨的客厅。

一次两次，家里的收藏消去了大半，便也不再是个储物间的模样。按着她的说法，真正的富贵并非满头珠翠，偶尔风过，能听见环佩叮咚罢了。

渐渐地卖上了瘾，出游时会下意识地多买一份东西，期待另一个为它所惊艳的目光。收获不仅仅是收到钱后大吃一顿的畅快，更是那些买主眼里“原来你在这里”的慨叹，我和他们之间关于品味、心情和生活的灵犀一点通。甚至只是眯起眼睛，在天桥上吹着小风，在地下通道听着街头艺人的自拉自唱，看着红男绿女行色匆匆从摊前经过，而我的时间因为这个副业被拉长，变缓，心里一派闲适和恬静。

那三袭西厢的披风，不只是“长亭”遇到了它的知音。

有一次披着“惊艳”去摆摊，一个已经是老主顾的男子买走了它，说要借着它向一个暗恋许久的女子表白，暗示自己也像张生贪看莺莺一样，“怎当她临去秋波那一转”。

我顿时有些感动，祝福道：愿天下有情人终成眷属。

他把它送给了我：我行过许多天桥，在桥上许多次地仰看白云，却只碰上一个正当最好年华的你。

Part 3

休养生息

尝试一回“与世隔绝”

Chang Shi Yi Hui “Yu Shi Ge Jue”

开完庭，我的黑色9月告一段落。当我穿着法官书记员同色系的套裙严肃认真地接受当事人的道谢时，内心一片紧张活泼，终于完了终于完了，仿佛听到了心底泉水在唱歌。

七拐八拐地回到住处，甩开高跟鞋，扯开盘头发的夹子，手机关机，直直地倒在沙发上，完全陷入绒布的柔软之中，没有丝毫起身卸妆换衣服的觉悟。然后就这样睡过去了，黑而闷的梦境，一如经年。醒来时屋里已经充满自然的光线，大抵明白是过了一夜，习惯性地把手伸到茶几上摸手机，指头在接触到茶几冰冷的边缘时又退了回来，心里暗骂几声人为物役，起身直接去了洗手间。洗掉隔夜的妆，眼见旧香残粉在水池里打着旋慢慢流走，发了半晌的呆——干什么？好久都没有完全属于自己的一天，我已经找不到可以消磨大片空闲的兴趣爱好——前提是有益身心，情趣健康。

习惯性地坐在书桌前，把上一个Case的卷宗从面前捋开，桌上居然没有一本闲书，曾经一本杂志叠一本杂志，随便抽出一本中就会发现对折的、压得平平整整的费列罗包装纸的场景恍若隔世——果然被这个职业建构得十分彻底，理性，或许是工具理性呢？我不由得对着书桌玻璃板下隐隐透出的人影苦笑。

抓了抓头发，好久没有让它自然地蓬松在我的肩膀，看着一根头发掉在了小盆栽里。盆栽是桌上唯一的上学遗留物品，作为仙人球长期缺乏关爱和浇水，一点也不丰茂。家里的仙人球与它完全是两个国度的生物，硕大肥美，顶着嫁接的蟹爪兰，每个冬天都有一番盛开，紫红色的花朵衬得那细黄透明的刺也分外精神。家，也是快半个月没有回去了，虽然同城，但对母亲关于我个人问题的唠叨恐惧常常压过了我对父亲做的梅菜扣肉的向往。

百无聊赖地摆弄着台灯下横七竖八躺着的镇纸。说是镇纸，不过一堆有着我能读懂的线条的石头，从小一颗一颗从江边拾来的，还取了一堆气势磅礴的名字，万里家山、白练横空，每一颗都是彼时对于未来热切的探头探脑。

江边，顿时兴起了吹江风的念头，我拿上钱包就出门了。

本埠的秋天从来是丝雨绵绵，今天虽然无雨，但天色也是一味的铅灰，空气中全是水珠的味道。相比天空，江水清澈许多，没有半点秋汛泥沙俱下的影子。此处是原来轮渡的码头，以前上学时天天坐，和着江风一起解决早餐。少年未必不知愁滋味，每天都是睡眼惺忪地爬上船，多少次暗暗发誓要逃一天的课出来玩，不知是不是被规训得太好，一旦真的有半天放假，又是在家里认真地描红写字，做完一本又一本数奥题集。后来桥多了，码头废置，也就失去了往日的熙熙攘攘，此刻两条渔船泊在江边，真正是“野渡无人舟自横”的情景。船船相望，我一边踢着石头一边睁着眼睛寻觅好的“镇纸"，俱是寂寞。

沿着水位线一路向上游走去，碰上几个来江边画素描的学生，停步看他们描摹光景，对岸的吊脚楼一点一点在笔下清晰，又一点一点被树和雾模糊掉身影。

看着看着肚子开始叫了，也是，昨天早饭就没再吃东西。举目四望，还没到傍晚呼朋引伴来喝夜啤酒的时间，整个江边一片安宁。差不多快走到以前念的附中的后门了，学校周围的小吃店有七八年没有光顾了，也不知老板是否记得中学毕业喝得一塌糊涂的我们。

要了一碗拉面，老板探头出来："学生，放不放辣椒？"

"老规矩，放。"学生？许久不曾听到的称呼，我看看自己身上，格子衬衫，牛仔裤，可不是学生么。心里飘过一丝得意。

面吃完消食，慢慢地沿着附中的校门走到大学。以前晚自习常常互相打击，"不努力，到隔壁。"其实X校是本埠最好的大学之一，校园里有着几十年的老香樟树，也有着民国著名学者数十年日记的原件，散步在校园内，看着来往行色匆匆夹着书啃着面包的学生，恍惚自己也回到了那白衣飘飘的年代。

X大的周末书市远近闻名，读中学时偶尔来此淘闲书，常因为囊中羞涩而放弃钟情，后来为了避免伤心干脆绝迹于此。工作后手头宽裕，买的又都是实用的专业书，建立自己校图书馆的愿望始终镜花水月。

在各个摊上翻检，最后收罗了本红楼梦的弹词集走。本欲再逛逛，可惜本埠的雨是说来就来，伞平时收在提包里，今天空手出门自是忘带，抱着书三步五步地跑向了公交车站。

回到住处，洗完澡擦着头发出来，靠在窗边，周围住家的灯慢慢亮起，温暖的黄色在雨幕中晕散开来，隔断了层层叠叠的黑。不时有汽车开进小区，鸣笛声声，真真像刚刚翻开的新书，黛玉焚稿的开篇，风雨连宵铁马喧。

此刻心头早已不似上午的空荡荡。独自过完了这一天，衣上征尘杂雨痕，时间碎片里裹进了上午的江声浩荡，黄昏的风声续断人声呐喊，远远地抛开别人目光的桎梏，又悄悄地走进了自己生活的烟火。

我微笑着开了手机，翻看着下一个开庭的Case，听着开机时的yesterday once more，心里泉水汩汩淌出的都是对明天的期盼。

竹篱茅舍心自静

Zhu Li Mao She Xin Zi Jing

除了被规划得毫无个性的行道树，本地最常见的绿色来自竹子。小区别墅的房前屋后，商铺学校的绿化，随处可见恣意成群的幽篁。和大多数同学、同事一样，我也是竹林里打滚、捉迷藏和掰笋长大的。有时在高速公路上行车，见到隔离网外的那 竿竿青绿，心情也会没来由地好起来。

小长假，没有案牍劳形，也不想丝竹乱耳，倒是十分馋新鲜的笋。我约老同学一起去竹海边的农家乐。

她爽快地答应，又问："要多叫几个人么，一起去叉麻雀？"

"最近无有外快，输不起，还是算了。"

麻将是这里最盛行的脑力运动，有几种风靡全国的玩法甚至以本埠地名为之命名。除了在竹林嬉戏，也可以说我们在麻将桌旁长大的，一二十年下来无非技术有好有坏，却没有不会的。好多人去农家乐，只不过是将麻将桌从都市的茶室搬到了近郊的旅店，通宵是照样的通宵，待好几天也不会知道外面桑树上的桑葚到底红了几分。这样浪费资源，我是谨谢不敏。

车慢慢开进了山，两旁都已是郁郁葱葱。春夏之交，本来就是植物繁茂的辰光，平时上下班总是匆匆，原来真正是错过了春光。还好，人间四月芳菲尽，山寺桃花始盛开。一路上偶尔还见到一树嫣红，分不清是桃还是高山杜鹃，只觉得妖娆可爱。

下车后略有些冷，竹叶的清香混在水气充足的空气里直往鼻子里钻。她哆嗦了一下："人口密度小就是好，总算逃开了温室气体的包围。"

我笑她胡诌，从车上拿下披肩给她："春捂秋冻，小心感冒。"

"那也没关系，就算被竹海撞了一下腰。"从停车场到农家，一路上全是青石板，大小参差，有些还不平，她不老实小心脚下，反而像小孩样一路蹦着前进。

农家在接近山顶的地方，一家人靠山吃山，栽茶养笋，竹林里还种着香菇。她一听有茶园，眼睛都亮了，刚放下包就央着老板娘带我去采茶。

老板娘欣然应允，一人给发了个小号的竹篓，净手出发。

茶树在半山坡度较缓的地方，从上面望下去就像是山的年轮，一圈一圈，有瘦有腴。此刻刚到清明，茶叶正是肥美茂盛。

"采茶只要顶端的三片叶子。"老板娘手指翻飞，就像弹琴一般好看，不一会就是大半篓，速度叫我们两个生手叹为观止。

我们采摘的质量也甚是堪忧，不少还带着蒂。老板娘教我们用嘴咬掉蒂的部分，我们好奇地照猫画虎。她打趣道：两个姑娘这用嘴摘下的，要再搁胸口捂一捂，可真正是"女儿茶”了，要卖高价的。说完“嘤嘤”地笑着，倒像十八九的姑娘。

她一听张牙舞爪地就向老板娘扑去："老板娘你调戏我。"

我且笑且拦。浮生长恨欢娱少，肯爱千金轻一笑，没叫你烽火戏诸侯人家就笑了，多值。

下午自然喝不到新摘下的茶叶，不过晚饭着实也是纯天然。除了我心心念念的春笋炒腊肉，香菇和油菜俱也是他们自家种的，还有用山泉水点的豆花，蘸着新出锅的辣子，舌头都快让我们吞下去了。晚餐全是老板自己下厨做的，他看着我们俩风卷残云，一边憨厚地笑着一边在围裙上擦手，抢着帮我们添饭。

饭比平时吃得多一倍，非得出去走走消食。老板给了两件蓑衣："小心山里雾重。"

莫听穿林打叶声，露湿蓑衣。我们在满目苍翠中徐徐而行，脚下“沙沙”作响，偶尔还有一两只粉蝶儿萦绕身旁。两人并无交谈，只是在苍苔滑差时相扶一把，没有疯狂的风景照和自拍，没有赶下一个景点的匆忙，再难得的惬意。

“平时这个时候忙什么呢？”我打破了沉默。

“有 Case 的时候忙 Case，没有的时候一遍遍刷论坛，周五麻将，我从来认为在休息时间再学习是对生命的浪费。”她是有一套自己生活哲学，深信之笃行之的人。

“你呢？”

“除了麻将，大同。仔细检点，我的生活也没有两样。”

“好无趣。”两人同时出口，相视大笑。没有戴斗笠，露水从竹叶上滴落下来，头发上一片晶亮。

夏至未至，没多时天已近暮，穿行回到住处。和老板娘几番闲谈，茶叶怎么放才不串味，香菇怎么放不生虫，她笑俩独自生活多年的人还像小孩一样什么都不懂，仿佛许多年前洗碗时大姐跑过来一边骂着，一边帮我把袖子撸上去。

本地是出了名的雾都，尽管城郊空气清新许多，盆地的气候想要见到满天繁星还是勉强，只是天幕也不像城里那般死气沉沉的尽黑，透出一丝丝宝蓝，孤星高悬，一片清冷。没有咖啡的强制提神，农家的灯也是温暖的昏黄，很快便有了困意。

一夜黑甜，不知有梦，早上六点多竟是自然醒，多年未有。窗外不知是雾是露，好鸟乱鸣，晨光熹微。

她从门外进来，浑身还带着竹叶香，神清气爽。“懒虫快起来，去竹林挖笋子，不劳动者不得食。”说着便来伸出手挠我痒痒。笑声盈室，惹得老板家的黄犬也大吠，像是不满，又像是极兴奋地唱和。

Chan Si Li De Zi De

禅寺里的自得

念的中文专业，毕业后教语文，长久地浸泡着老大国度的文化中，或多或少总是爱着那行走跳脱的汉字，以及文字背后那些歌哭行吟的灵魂。人总是成长着的，念书时春风十里扬州路，工作后珠箔飘灯独自归，唐诗里的最爱，也慢慢从清丽的小杜变成了伤怀的小李，看着自己在樊川集天头地脚满当当的笔记，真真觉得流光容易把人抛。

偶尔问父亲喜欢谁的诗，和十年前的答案并无二致。“王维王摩诘。你为什么不喜欢他呢？”父亲反问我。

“不是不喜欢，没有那份天翻地覆的经历，觉着逃禅太做作了，辋川别墅山居时写的诗，很有些都是有人影没人气的。咸阳游侠多少年，他也曾早年成名鲜衣怒马，让人恨不得把心像马匹一样栓在他喝酒的楼边。”

“你还年轻。”父亲微笑。

交往许久的男友要去美国念博，临行前放言绝不让我做悔教夫婿觅封侯的怨妇，必定严守早请示晚汇报的纪律，我心里也是一般的笃定。旁边同去的男生打趣，誓言就是用来背叛的。

不料一语成谶。一春犹有数行书，秋来书更疏。坐在电脑前看着门可罗雀的邮箱，常常就是半晌。物是人非事事休。总有朋友同事好心来安慰，甚至恶言恶语地指责负心之人，生生把我拖出了未语泪先流的惨境。不过几日，外面跟没事人一般，实则不过是怕人询问，咽泪装欢。

突然有新的邮件，一看竟是父亲的：春草明年绿，王孙归不归？

不好再让老人家陪着一块担心，回复：春假准备出去溜达一圈，就不回了。

父亲再回复：有一家我去过的禅寺开放禅修课程，不妨去散散心。留言中还附上了链接。

于是我便收拾行囊来到了赵地，这从来的兵家必争的要塞，却不想有一座禅寺香火甚旺。

来的年轻人偏多，有不少是佛教徒。接待我们是个居士，父亲一般年纪，却也是慈眉善目。

住的地方叫云水楼，我自言自语："湘江水逝云散高唐俱是六根不清净人的烦恼，为何会出现在佛门清修之地？"

"为何不是行到水穷处，坐看云起时？"居士回复，眼神却没有争辩的好胜心。

我一时语塞，又是摩诘。

而后是一个大师父来讲课。"事业不完美，人生不完美，生活自是苦的。烦恼障品类众多，我执为根，生诸烦恼，若不执我，无烦恼故。只有放下，才能拿起。"

比之校园里讲座里传销般的热情如火，大师父的语速明显缓慢，一字一句地敲打着人心。

道理没有什么深奥的，可于此时执念深重的我，却也是当头棒喝。我素日纠结的总是过去，而新的生计却也因此延误了春消息。做别人的答疑解惑人，自己却是圣贤严训不经心。我不由得轻笑，抬头向大师父看去，他的眼中有我，也有其他同行者，有经幡，也有众生，一派正大光明。

晚上回到住处，一夜好梦。醒来的时候还是清晨，寺周遍植国槐，此刻正是开花时节，虽不比洋槐的香飘满城，倒也自有一番清新沁人心脾。我把目光从树上那一嘟噜一嘟噜的小白花上撤回，发现领着我们的居士先在看花，后来看我，笑得澄净空澈。万物静观皆自得，四时佳兴与人同。

“这是明道先生的诗，他可反佛反得厉害，居士也看么？”

“反佛未必没有被佛所化，求道何异于求佛？”

“说得真好。”我几乎想要为他鼓掌了。我总觉得禅之一道虚无缥缈，何尝不也是因为此心没得安排处？

之后却没怎么见着这个居士，上殿、过堂、出坡、早晚课、打坐、行禅、品茶、拜佛、绕塔、念经，大致构成了我们的生活。远离电脑和过度表达的人生反而变得更加有质感。

临走前一天，居士带着我们去附近的古桥参观。这是在小学课本上就结识的石头传奇，我试着走到桥墩处，靠近它，抚摸它，却是满手的冰凉。它捱过了千年的风霜，面冷心冷，到这个偏僻小镇的所有游客皆是慕其名而来，它却不能带给他们如我在仅仅两里之外感受的放松和惬意。在这里，我们只是游客，在禅寺，却可以成为归人。

“一生几许伤心事，不向空门何处销。”我遥望着远方的香烟缭绕，小声地念出声，越发地理解摩诘了。

“倒也未必。”居士不知怎么听见我开口。“禅不招人，禅不远人。随意春芳歇，王孙自可留。”

见我眼中又浮现出疑惑的神采，居士依旧笑得安详。试问岭南应不好？却道，此心安处是吾乡。

Yu Jia, Ji Ye Jin Hu Dao

瑜伽，技也近乎道

单位周年庆，每个部门出个节目，头儿好死不死居然想要跳肚皮舞，全科室就这几个女同胞，纷纷要披挂上阵。

我倒吸了口冷气，本科毕业后就再也没上过跳舞毯，早年辛辛苦苦为拿学分跳的健美操的底子早就被时间给磨光了。

整个办公室哀鸿遍野，偏她的角落很安静，我偏过头瞅着她：姐姐啊，你不怕折腾么？一年四季圈在这格子间，都老胳膊老腿了。她体型丰满，不是当下流行中的任一款，虽然近日略有消减，但全身肉扭起来也够呛好看，我不免有些幸灾乐祸。

还好吧，上了半年瑜伽课，这俩一国出来的，估计能互通。她倒是一点也不急，笑得眉眼俱弯。

排练的时候，请的附近中学带艺术团的老师，身材魔鬼，折腾人起来更是魔鬼，活生生把每天晚上的黄金时间变成了变相加班，比加班还累，一个半小时排练下来简直想躺练功毯子上不走了。在老师没盯着的时候都在磨洋工，她倒兀自练得起劲。

一晃五六天，大家乞求把时间弄宽裕点，别这么早就跟音乐练，拍子都没合上。小老师把脸儿一扬，指着旁边的她，我看就有人学得很好，给她们一个示范，来全套。

音乐响起，灯光暗下，舞台的气氛慢慢也出来了。她今下午陪着领导要出境，妆画得甚是浓艳，在暧昧的灯下颇为妖孽。回旋，送胯，摆臀，一招一式心到手到，全身上下华光流彩，瞧着全没有初学者的不顺。金黄色的三角巾在她手里翻飞，我的眼睛都快随着飞起来了，张望四周，来陪练的男同事眼珠子都快挂她身上了。

“你怎么能跳得那么好呢？”我向来对美好的事物不吝赞美，趁着她换衣服准备回家的当口虚心请教。

“这，恐怕还是练瑜伽的功劳。我也觉得身上的这些零件比以前听使唤。”她也不藏私。

“练瑜伽不是减肥吗？我见你也没瘦多少。”就身材这点上我还能找补找补自信。

“咳，那只是效果之一，关键是我觉着练下来全身通泰，心情也很好，所以就坚持下来了。”

“周年庆过了带我去看看怎么样，以前老听着说瑜伽怎么好，人懒就从来没去试。我瞅着你，觉得我还是有发展前途的。”

前一晚睡得太多，昨晚翻来覆去地没有睡意，早上起来头昏沉沉地，非得靠咖啡吊着一口气。原本打算不去了，她一听我的状态，反倒更坚持了。练完保管给你一个高质量的睡眠。

领着的老师年纪已经不小了，眉眼柔和，低着头指导学员做动作，临花照水，气韵生动。

对比之下，想到以前大学时被怂恿着向喜欢的人表白。他看了我一眼，笑着拒绝：“不敢当，你身材好，‘河边小杨柳，潇洒又风流。’”

那为什么不接受，我颇受打击，却也不好意思多问，讷讷地且退且走。回去向寝室里最招人喜欢的姐妹请教，她笑了半天才搭理我：说得可真准，你知道后两句是什么？“仔细看一看，木头。”

风韵什么的年纪大一点就会有，大概就是当时我的想法，不过这顺理成章的事在我身上似乎还没有苗头。只是大抵不再笨笨呆呆了，七灵八巧的，对人对事，却也没有了当初莽撞的认真和执著。

正在恍惚间，老师让我们先进行呼吸练习。放的音乐是一片鸟语花香，她声音轻轻柔柔地：请大家仰卧，闭上眼睛，两手放在身体边，身体不要紧绷，我们一点一点来，你感觉到你的脚在呼吸，小腿在呼吸……全身都在呼吸。她一点点地顺着身体说上来，我渐渐放开纠结的枝枝蔓蔓，意随身走，照着做深度的吐纳，眼睛虽然闭着，却也是满目的花花草草。

然后是做各种的动作练习，四肢向各个角度伸展弯曲。她不曾给个统一标准，只是走到你身旁，估量你的艰难程度，建议你再略微往自己的极限超越一点。

超越极限，是个很美好的说辞，每每要压榨我们的劳动力时，学生会的师兄师姐，单位的大小领导均是靠这个鼓舞得我们群情激昂，每每定的目标又总是过高，就像巴别塔永远修不到天上。

“不要多想。”老师在我走神时轻轻唤道，“摒弃杂念，心神随着你的手延伸向远方，再远一点。”

照做，心里慢慢一片沉静，仿佛听到骨头生长的声音。

最后以呼吸练习结尾，身体仿佛变得很轻，思绪忽近忽远，世事纷杂人情变迁都像是另一个世界的事。

“唉，醒醒。”居然在呼吸练习时睡着了，她笑着拉我起来，“觉得怎么样？”

“终于知道江南七怪教了几年还是傻傻的郭靖为什么能被马珏几晚上给调教得灵光，今天算是学会了怎么呼吸。”

“郭靖之后还是傻啊，可是他每一段只想做好一件事，以前是练武，后来是为国守城。瑜伽么，也教会了我收摄心神。”她一字一句说得很是认真。如果不能避免，不妨全情投入，尽量往极限上多走近一点。

“啧啧，技也近乎道。”声音里还是不自觉地带点揶揄，“下次什么时候练，我还来。”

Part 4

感动片刻

天堂电影院

Tian Tang Dian Ying Yuan

闲来无别事，一件松垮的白T恤，外加一条牛仔裤，一双帆布鞋，我便轻松出门，朝巧来的汽车招招手，汽车便载着我一路朝电影院奔去。

电影院对于我而言，一直是个谜。这里每天上演着不同的电影，有着不同的声音，时而温婉绵延，时而惊险刺激，时而侠骨柔情，时而恢弘博大；这里更有着不同的声音，世界交叉更迭。形形色色的人在电影院出出进进，或三三两两，或独自一人，或激动，或感伤。每当电影开场时，陆陆续续走进放映厅，经过一扇或宽或窄的大门便从光明喧闹的世界中走进昏暗的橘黄色的放映大厅，揣着紧张而急切的心情。每每这般场景，我常常为之一动。由一个敞开明亮的空间走进另一个光影动荡、人影幢幢的闭塞空间，犹如走进一个不可知的世界，喜欢这种感觉，并不是因为对电影的期待。

我时常幻想，有一天可以随手买一张电影票，并不知道会看到一场什么样的电影，会有怎样的心情，就像一个门外好奇的小孩子，扒开门缝似的看着走进来的人有着怎么样的表情，看着大家有着怎么样的期待。电影票上没有电影的名字，只在上面写了座位号。电影院就好像一艘大船，而电影票就是这张船票，你和我并不知道它将会去往什么方向，让我们遇到什么样的心情与什么样的人，留下的又是什么样的回忆。而我们就好像拿着礼盒的孩子，心中充满了无限的好奇与喜悦，直到小心翼翼地打开盒子，才看到另一番天地。或许那里平淡无奇，但点点滴滴都会伴有回忆，你看到了自己的过去与现在；或许它惊心动魄，你游玩之后虽然疲惫却也意犹未尽；或许那里是一处伤心之地，它轻易便将你的心底打开，道出了甚至连你也不记得的悠悠往事。

想着想着，我已经坐到了电影院里，拍拍自己幻想的脑袋，我嗔怪自己，看着手中的电影票，这是一个关于爱情和回忆的电影，我环顾周围，多半是年轻人。就在刚刚坐好的一瞬间，放映厅的灯光熄灭了，放着的歌曲也随之停下来。即使电影还没有开始，我和所有观众渐渐地安静下来，悉悉索索的说话声渐渐消失，无需特殊的提醒，黑暗本身就会让人安心与宁静，所有的人都在等待，都在期待。

我在黑暗中睁大眼睛，我忘却了现实中的自己。在这里，我并不是生活的主人公，我是一名过客，一名旁观者，这样的身份不仅不会使我拘束，还让我格外安宁，但我也期待，期待着作为一名旁观者的旅行。我不知道下一秒会发生什么，我不知道会有怎样的结局，甚至怎样的开始。我看到我自己，也看到他人，在黑暗中的双眼迸发出明亮与专注的光芒。

黑暗中，我静静地坐着，眼睛盯着屏幕，心绪却已飞向别处。或许是电影世界中，或许是远离自我世界与现实世界之外的存在世界，没有了现实的侵扰，没有了硝烟的弥漫，没有了来自工作的紧张与压力。我在看电影，也找到了一个空间，远离内心的苦闷，也远离现实的无奈与残酷。有时如此抽离的感觉比看电影更重要，坐在电影院中，不自觉飞离万里，在这样的气氛中，连空气也散发着神秘与幽暗，陌生的他者就坐在我身边，我却能听到人声渐行渐远，既有被包围的安全感，又没有半刻的被侵扰。

终于，电影开始了。音效的声音告诉我航行的诺亚方舟已经开船，而我却什么也不用做、不必想，它载着我完成每一个想象，它给我最宽容的自由，最温暖的臂膀，天马行空，无拘无束。我静静地看着，黑暗包围着我，这样一部温情的电影，不疾风骤雨，却润物细如声。一个个镜头陌生而熟悉，那里的一片梧桐树，天上下着梧桐雨。我想起了儿时外婆家的芙蓉花，我想起了那年我在芙蓉花下第一次搀着外婆去山下看露天电影，脑海也像过电影般一幕一幕，电影在上演，回忆在隙缝中穿行。

一群人聚在电影中，或喜或悲都是幸福与温暖的。即使我们来自不同的地方，有着不同的年龄与职业，性格也千差万别，可是却一同开怀大笑，一同泪如雨下，纵使伤感与释怀大笑的原因不尽相同，可是此时此刻我们却有着一般的心情，像多年的老朋友一般默契亲和。我既是独立存在的我，我又是大世界中的小我，我既自由，又温暖。

不仅仅推崇大巨作抑或知名导演的片子，反而一些小而精致的文艺片却常常给我欢喜与温暖。一次次地看电影对我而言都是一次全新的旅程，我常常戏称电影院为“天堂电影院”。这是一艘诺亚方舟，胶片在流转的同时，也载着我通往天堂，通往灵魂深处，通往记忆的沼泽，也通往真实的自己。

人们常说，观照他人，其实也在观照自己。

电影终将散场，我们终将离开。可是结果又有何惋惜呢？在短短的几个小时中，每一个人都是是享受而幸福的，都是饱满而充实的，内心收获了宁静与温情，也收获了舒适与梦想，这样的过程对我而言便已足够。走出电影院，天地清朗，悠悠白云，我抬头仰望一片蓝天，白云在天空舞蹈，我决定散步回家，每一步都走得格外有力而自在。

梧桐树下的许愿瓶

Wu Tong Shu Xia De Xu Yuan Ping

离开校园之时，那里的风景便如一个萦绕心头的旧梦，时时刻刻回响在我的脑际，好似一轮游子心底的明月，在我碧波荡漾的眸子中明明灭灭。梦中的情景常常在现实中辗转反复，我总想寻求一个机遇，让我再去聆听少年老师的教诲，再去重温心底无暇纯洁的天真，再去看看那校园树下的梧桐树。就在校内那棵古老的梧桐树下，曾经埋藏着一个透明的许愿瓶，也埋藏着我心底的梦。那是一个女孩对记忆与生命全部的憧憬与向往，也是悠悠岁月下最美的见证。

一晃多年过去，梦依然在心中盘旋，再也不想目睹时光的空逝与年岁的徒增。这一日，按捺不住内心的神往，我背负行囊，重新踏上返回青涩校园的旅程，我要去寻找记忆，寻找岁月，寻找那一片梧桐树。刚刚走进校园，便看到曾经熟悉的石碑依然立在不远处，朝圣的心无法平静，顿然产生了一种“路漫漫其修远兮，吾将上下而求索”的感动。

在看到校园的全部图景之前，嘴角便不自觉地上扬。

人总是一种奇怪而矛盾的动物，常常活在矛盾的心态当中，就好比钱钟书在《围城》中所笑谈的那样："城内的人想出来，而城外的人总是设法冲进去……"曾经的我常常梦想着有一天可以逃离这象牙塔，逃离老师的严厉管束和无休无止的试卷，可当有一天我终于在梦的出口抑或入口洒脱地迈步时，才发现那身后的风景曾经那般圣洁与单纯。梦一旦成为现实，憧憬的便也不再是喜悦，而是一种跋涉的艰难。而如今，当我再次踏入这里时，早已岁月蹉跎，物是人非。我问这里是我梦中的校园吗？可是，我知道，梦只要寻找，便能找到，它依然是，只是我们走得太远，时间太长。

突然心中有些自惭形秽，我只能以些许淡淡的微笑掩饰内心的羞涩与紧张。即使它还是原来的它，一草一木都熟悉得让人亲切，可我依然迈着小心的步子好奇地打量着被时间清洗的一切。教室似乎更显明亮，老师依然风姿卓韵，却添了白发。我仿佛看到当年一个小女孩，短发而清秀，一边听课，一边却又望着窗外朦朦的天空，望着风中摇曳的树影，迷茫而憧憬。少年般的一情一景在我的心中荡漾，我轻缓地调试着内心的情绪，也渐渐地寻回了忘怀依旧的青青岁月。"八千里路云和月"，不知岁岁年年。

走出教室，来到那片梧桐树下。或许已过晚秋，深绿色的叶片渐渐发黄，黄色缓缓地镶在了边缘，再一点点侵染。秋分阵阵，萧萧落叶声在林中浮响。校园的小路变成了由梧桐落叶铺成的焦黄色地毯，而那落叶纷纷没有留下丁点眷恋，只留下我的无限感怀。曾经的这片梧桐树便是我对校园与青春的全部寄托，它同我见证春夏秋冬与岁岁年年。

时隔今日，我依然偏爱夏日梧桐，冒出点点嫩芽，由鹅黄到青绿，只几日功夫，片片新叶便嫩绿如花，春风摇曳，街道两旁如两条绿色的龙在翻腾飞舞。我抚摸着梧桐树，树还是那片梧桐树，可是叶子却已不是当年的叶片，这样的年轮往复伴着我成长，曾经青涩瘦弱的女孩如今却早已娉婷秀丽。

即使功课繁忙，校园生活依然是无忧无虑的。没有功名的纷扰，没有污浊的红尘与浮华的社会，这里依然如瑶池般明净。夕阳西下，走在青青校园中，此时或许是傍晚最悠闲时分吧，学生们三三两两漫步其间，或轻声朗读，不远处一群俊洒的男生在球场上挥洒汗水。漫步于梧桐树下，小路静美而幽寂，犹如置身于层林尽染的画境之中，我不禁想起杜牧那句“霜叶红于二月花”。

轻轻踱步，来到校园中最高挺的梧桐树。一幕往事浮现眼中，我看到素衣而爱看蓝天的小女孩将一颗许愿瓶埋在树下，那样的娇羞，却在眼眸中流淌执著。那是生日像外婆寻的生日礼物，那里装满了各色纸叠的繁星，也装满了厚厚的梦想。在那个不知爱情与梦想的年代中，她却写着：愿与爱的人浪迹天涯。我终于明白为什么命运引领我重回此处，我看到了少年的自己，这是否是一种昭示，命运在让我感知，让我怀想曾经的点点滴滴，让我此刻在路上的生活更为步履稳健。纵使我们不能在现实世界中为自己筑高楼，建大厦，也要在自己的精神世界里撑起一片擎天大柱。

我想念少年的我，校园中的我，张扬而恣意。可是，岁月在不知不觉中留给我们散落的锐气，我们变得胆小，在乎世俗的眼光，不再莽撞，患得患失。如今再次踏入这里，我知道不是缅怀，而是寻找，寻找曾经的梦想，寻找当初的勇气，跌倒了，再爬起来，寻找梦想，于是此刻在寻找中的我不再伤感而是幸福满满。站在校园的一角，沉思、怀念、追忆，在记忆中寻找自己，寻找最初的梦想。

返回校园，并不意味着逃离现世，却是为了更好的回归。此刻，我明白世界没有消失，美景亦不会消逝。白云苍狗，流年悠悠。于不觉中时光流转，我回头望向即将离开的校园，踏着暗香浮动的景色，作默默地告别。让离开的离开，但一切会柳暗花明，让过去的过去，但一切会重返人间。

我的相册叫“流年”

Wo De Xiang Ce Jiao “Liu Nian”

在慵懒的午后，我倚在床头，翻着刚买的小说，却不想不小心将水笔掉落，刚好掉在枕边的床柜下。用力拉出一道缝隙，我探出身子俯在床沿，手伸下柜子细细探究，不一会的功夫竟摸出一个小杯垫、各种颜色的水笔，还有一摞老相册。内心砰然一动，要不是巧合，我恐怕早已忘记这些老相册了吧。

就在这样的午后，我与过去、与回忆不期而遇，古希腊的一名哲学家曾说：世界上最使他着迷的莫过于时间的魅力。毕业时候，珍藏的信件、日记还有几本相册都被我放在一个盒子中，可是匆忙之中只在盒子中找到了日记本和信，以至于我一直断定那些老相册不见了，竟没有想到原来它们躲在了这里。它们安静得鲜有声息，却又一直默默地守望时间。我一阵感慨，赶忙将它们拾起。

“似水年华”，昔日的我在相册的封皮中如是写道。我想象曾经那个对未来无限向往的女孩，依然对过去执著地守护，她在昏暗的灯光下郑重地写下这四个字，也写下了对时间的静望，这是对生命的渴望，对时间的关怀。而这一切的发生好像就在昨天，就在眼前。

轻轻地擦拭相册上的浮尘，厚厚一层。在阳光下，他们律动地打着节奏，仿佛在昭示时光的流转而欢腾雀跃。我抚摸着老相册，记得读书时常常在夜里燃起一根蜡烛，任影像在烛光中翻腾。时常地，我为某一张照片的一个侧脸而追忆良久，却早已忘记他的名字。承载着记忆的夜晚总是格外安详，那时的我常常不觉睡去，手中还捧着那本老相册，梦中胶卷式的笑脸转过一张又一张，熟悉的，陌生的，美好的，忧伤的。这样的夜晚，最后只留下那一点烛光为我守候。

就这样，我缓缓翻开老相册，也翻开了尘封的记忆，我像一个即将开始旅程的小孩，欣喜而又不知所措。打开相册，像过电影般，一张张在眼前翻过，我看到童年稚气的我一身蓝色海军服，配上红色小皮鞋，飒爽极了，活脱脱一个小大人；渐渐地，我翻到了少年，那是与家人爬到山顶时合照的，相片中妈妈搂着我，爸爸搂着妈妈，那样和谐，我安静地笑着，想必他们也早忘记这张被我拿来的相片了吧；再后来，就到了大学时候，无论是生日庆祝、运动会、演讲比赛，还是毕业典礼，我都精心洗了照片夹在相册里，它们或笑脸飞扬，或泪流满面，但每一张都是真实的，坚定的。那些早已遗忘在角落里的悠悠往事就此浮现，原来记忆也可以如此挥之不去。

朦胧的时光，总会有摇摇欲坠的清澈，它们虽遥不可及，却又明朗清秀。往事在眼前，亦在心中日渐清晰。翻开一张，我看到了那个男孩，那个我曾经喜欢过的男孩。相片中，我羞涩地抿起嘴，圆圆的脸紧张得红扑扑的，而他却在一旁没心没肺地开怀大笑，丝毫没有在意，反而大方地将手放在我的肩头。我不觉傻傻地笑着，竟在定格的一瞬间扭头看向他的脸庞。这样的美好，该有多久没再出现了？纵使我们早已在毕业之际各奔东西，现在的他早已成家立业，而我甚至差点忘记了他的名字，忘记了曾经那段暗恋的酸楚。但是这又有何妨呢？一段美好的时光，拥有过就好，感受过就好。

我小心地把相册整理好，一本本放在崭新的盒子中。不知不觉说，泪水顺势流下，是感动，也是怀想。走出家门，我深深地呼一口气，天清地静，晚风轻拂，竟没想到，时而发呆，时而看着相册，转眼已过了整一下午。或许，对时间的留恋，亦使人变得深刻绵长，这不是矫饰，而是对生活的热爱。即便我老了，即便我不能疾步如飞，我依然可以在相片中的原野上飞奔驰骋；即便我早已年华逝去，我也依然可以享受岁月的流转，享受它们在我的面容雕刻时光，在脑海中雕刻美好。

爱在时光中积淀，对命运的爱，对时光的爱，对年岁的爱。这样的积淀我几乎忘记，却在今天从相册中寻到。我想我是幸运的，因为并没有就此走失，也没有让记忆像沙漏一般流失，直至消失殆尽。或许这是上天对我的垂青，让美好的记忆召唤我，温暖我。我突然很想念我的朋友，那些曾经为梦想、为爱、为信念各奔东西的朋友，告诉他们我很想念。可我并没有拿起电话，只在心中为他们祝福，百转千回，如水一般流淌。而我也同样相信，他们当中的某一个，或某几个，也在想念我，想念我们的青葱岁月。

相册仿佛流年，仿佛一阵秋风过后满目的落英，仿佛一阵流星雨后漆黑的夜空，也仿佛美丽的昙花深夜盛放后留下的一抹清香。纵容往日早已过去，却永不消散。我多么庆幸还能找到，还能看到，看着相册，也在看着回忆，看着过去的自己。悠悠往事浮现心头，纵使它铺满尘埃，依然无暇圣洁。

自在飞花轻似梦，无边丝雨细如愁。透过夕阳，我看向时光的方向，而天空的侧脸是消失的记忆，那是我从未发现的心灵缝隙。我才发现，这一路走得太过匆忙，却没有发现与保护路旁最美的风景，我只是被推得好远，好远。我只身道声，还好，还好我看到了相册，看到了相册中的时光，看到了过去的自己，看到了那最为真实和感动的点点滴滴。

感谢你，我的相册，这才发现，原来你的名字叫“流年”。

给久未联系的老友一个惊喜

Gei Jiu Wei Lian Xi De Lao You Yi Ge Jing Xi

卸下行囊，扑扑身上的尘土。我这才好好环顾这座我心心念念的城市。陪伴了我大学四年的时光，时隔多年，当我再次回到这里，发现它依然像个老朋友一般静候我，拥抱我。熟悉的街道，熟悉的气味，连熟悉的奶茶店也没有改变。我突然想念大学的老朋友，想念一起奔跑飞翔，一起挤在角落里看电影吃零食，一起在毕业的散伙饭上飙泪的种种时光，我们做过最傻的事情，却为彼此的美好而感动。深呼一口气，微笑地摇摇头，我总是容易胡思乱想。不知道他们在这里还好吗？或许有些早已为人妻、为人母了吧。

常常想念我的老朋友，她们像一支高昂振奋的歌谣，像一首抒情婉转的小诗，像一片绿悠悠的麦田，像鸟声啁啾、透着习习凉风的大森林，也像远去了的船帆，游在天地浮云间，飘在月亮下……所以每当万籁俱寂、风清月朗的夜晚，晚风轻轻地掠起窗帘时，朋友的妙语连珠，尤其是那悠悠迷人的眸子荡着片片涟漪，或脉脉含情，或自在洒脱，随着潮汐般的月光水一齐倾泻下来，于是我竟出现了幻觉，那眼前便分明坐着久违了的朋友，或缓缓讲述曾经相逢时的感受，或娓娓叙说着分别后的岁月里所发生的故事，抑或一起畅想、憧憬着美好的未来。就这样想着，想着，我便不由地出了神，直到安静睡去……

或许是巧合，命运竟将我又送回了这里。毕业几年，总因为忙忙碌碌而久未回来，而这短短几天的出差，让我有机会又回到这座城，没有通知老友，因为不想太打扰，更因为我早就想好了，要给她一个惊喜。忙完了手头的工作，已剩下不到一天的时间。来到我们曾经钟爱的蛋糕店，这里只属于我们两个人，只属于闺蜜友谊的聚合点，买了一块她曾经最爱的蛋糕，小店很小，很不起眼，可是美好的东西并不需要张扬，只需有缘人去叩响它的门。令我惊喜的是，老板竟依然记得我，并没有寒暄，却给我习惯地打了八折。

内心砰然一动，一时却像个小孩一样不知所措。原来感动并不需要语言，也不需要惊天动地。我轻轻地和老板挥手告别，不知下一次见面又是何时。收好心情，亦是晌午，我来到友人家中，在按门铃之后把蛋糕放在门口，自己躲在角落。心中有些激动，好久没有见的她，该是怎样的？门在思绪万千间被打开，老朋友还是一身孩子气的睡衣，轻轻拿起蛋糕，像是被击中一般掉下了眼泪。她半点没有思考便往下跑，边跑边喊着我的名字，而此时的我再也忍不住大笑起来。听闻声音，友人扭头。这样的惊喜，想必要感动好多年吧。

朋友是来自心灵的圣水，是曲折蜿蜒的路途中一朵暖色调的鲜花，是苦恼中的依靠，是柔软舒心的托身之地，是秋日午后搅着满杯往事的的红茶，也是一本打开了的永不厌倦的好书。尤其是等你老了、累了，疲惫不堪想休息的时候，朋友便是一壶浓郁的陈酿多年的美酒，可以伴着你有滋有味地回首以往的岁月，可以让你用心去感悟人生的壮美而从不后悔。

就这样，给久未联系的她一个惊喜，也给自己一份感动。无需言语，单单一个眼神就可以倾诉心中的想念。走在白雪皑皑的冬季，一片片雪花，也好像是朋友的一封封书信，像是朋友的一声声问候，飘在眉宇间，化在掌心里。恍惚间，像是看见有一条苍龙在雪原上遨游，时而腾挪于深渊，时而直冲云霄，这便是想念的感觉吧。

和朋友一起想念朋友，有时也在想念一种氛围，一段时光，那段有她，也有我的时光。想念时光，就连同环境、天气、色彩，甚至当时心里细微的感触，都会浓墨重彩、浅淡各异地刻印在记忆画廊的深处。只要一想起，便觉着寂寞暗淡的心房有了清风明月，有了清澈流淌的山泉。午后的阳光静静地倾泻下来，刚好洒落在朋友的脸上，时光流转，我有些恍惚，仿佛身边的她还是那个神采飞扬的假小子。可是友人可爱的小女孩扑倒在我怀中，我才笑笑地摇摇头，竟是幻觉。

一起聊天，聊曾经所有的糗事，聊曾经在操场上泪水纷飞的夜晚，聊分享成功的喜悦，也聊偷偷喜欢过的男生。朋友说，有些人是过客，可有些人却可以一直坚定地站在你的后面，这样的人就是朋友。是啊，当朋友看到我的嘴唇在微微蠕动，看到一丝两缕的笑意从嘴角边泄露出来，便能猜透我，看穿我。我突然很感谢上天，让我多年以后重返这里，重新看到我的老朋友。给她一个惊喜，也给我们过去的时光一种温暖与感动，这份感动是当她看到蛋糕时喊我名字的默契，是多年以后依然记得我的红裙子，是习惯性给我倒一杯温牛奶，甚至是蛋糕店的老板打的八折……

可正是这些细节，我们却常常忽略了，失去了。我们失去的不仅仅是记忆，更是一颗美好而温润的内心，一颗向往生活的心，一颗对记忆与时光感念的心。傍晚，朋友一家送我出门，我回头望着那个曾经调皮张扬的小女孩，默契地挥挥手，作以告别。

将这份感动铭记在心，小心地呵护着，我怀揣着这份感动勇往直前。月夜如歌，朋友如诗，我离开了这座城，离开了我的老朋友，隔着车窗我遥望着布满繁星的夜空，而我的心就好似驾着一叶扁舟，在又长又宽、万类霜天竞自由的银河里轻轻地漫游……

当一回红娘

Dang Yi Hui Hong Niang

我从不轻易说爱情，或许在它身上，我依然保留了其间全部的美好与幻想。关乎爱情，我印象很深的两句话，一个是托尔斯泰所说的：莫泊桑想歌颂爱情，但他越是了解爱情越是诅咒它。其次便是泰戈尔诗中写道的，“爱情呀，当你手里拿着点亮了的痛苦之灯走来时，我能够看见你的脸，而且以你为幸福。”两人对爱情的态度截然不同，但纵使爱情中充满未知与苦痛，泰戈尔依然豁达地告诉我们不能拒绝爱情，而且要在爱情之中享受。这种向往我欣赏，并始终赞同。

寻找爱情的出口，寻找天堂的入口，都需要缘分，它并不单单是某个人，或许天边的一抹云、天际的一株花、一场雨、一次相遇的机缘都有可能成为爱情的红娘，可是从未想到的是，性格并不足够热情的我竟在一次偶然的机会和红娘联系在一起，可是当两个人的幸福竟在一刻间落入自己的手中，本能的，我又怎能拒绝他人爱情的光临呢？从一出生开始，这个世界就赋予我们太多的身份，学生、子女、妻母，可万没想到，竟在没有思想准备的一天，我也能成为爱情的红娘。

一次生日，原本是小小的聚会，竟没想到朋友带着朋友，闺蜜带着闺蜜，发小带着发小，于是小小的生日好似成了年级聚会。而我这个寿星，顿时从启明星变成了冥王星，不仅手忙脚乱而且丝毫没有享受到寿星的派头。无奈地摇摇头，可忙碌却也是幸福的，很久没有和好多朋友坐下来，这样的场面或许这在大学系上的聚会有过吧。静静地看着大家言言语语，尽管并不熟悉，可还是仔细地听着，偶尔自己也说说。轻松地聊天与八卦，与工作无关，仅仅是生活琐事，这正是我需要的。此时，朋友拉我过来，小心地问着坐在我身边那女孩的名字。看着他紧张的眼神，我顿时明白了一切，笑着敲了敲朋友的脑袋，而他竟调皮地吐了吐舌头。和朋友嗔笑，当多红娘我会嫁不出去的，朋友竟当了真，一时情急，涨红了脸。

女孩是公司的同事，善良却不多言语，与我情投意合，关系十分要好。而朋友是我多年的发小，在血雨腥风的高考之年便建立了革命友谊，大大咧咧却简单快乐。从未当过红娘的我一时紧张得出了汗，想想两个人或许就此相识，成人之美，总是好事。于是在心中盘算良久，终于说出了口。女孩听罢，有些害羞，不自觉地朝朋友的方向望去，当对上了朋友期待的眼神，我知道幸福已经悄悄降临在他们身边。

夜幕降临，朋友们三三两两地各自回家。女孩，我，还有朋友一起走在回去的路上。轻松地聊天，没有边际的漫想，爱情本无需刻意地寻找，它或许只在一瞬间便敲起了你的心门。目送着他们远去，原本单独的背影慢慢融合在一起，看着他们直到消失在黑暗，我竟幸福地出了神。

面对爱情的来到，我们可以选择微笑，也可以选择将它拒之门外。但幸福与否，可能就在一念之间。微笑着，幸福可能就在不远处，静静地等你靠近，而所有的关乎爱情的美好或许就在下一秒实现。而拒之门外，或许你只是觉得拒绝了一个人，而这个人也只是千百过客中的一员，可却不知，将之拒之门外的一瞬间，你或许拒绝的并不仅仅是一个人，一段姻缘，更是一颗敢爱的心，一颗期望幸福的心。所以微笑着接受，其实很简单。给自己一次爱情的权利，这份权利是每个人都可以拥有的美好。

我傻笑，一次红娘竟让我感慨这样多。可是不得不承认，即使不是幸福的主人公，我依然心存感动。对爱情感动，对相遇感动，对缘分感动，更对世间一切的美好感动。

幸福的气息开始在生命中弥漫，风清月朗，天地祥宁。风儿连同月光一起在发笑，一起在张望，它们是在张望那对新的恋人，还是在张望幸福的自己。或许，爱情叩门的时候，或许并不是悄无声音，我想我们都不该拒绝爱情使者的光临，更不能拒绝自己和他人寻找爱情的勇气。与其在生命中等待爱情，不如睁开眼睛寻找爱情的出口。谁说世上没有童话？在我眼前，王子和公主刚好完美的邂逅，即使不是公主，我依然幸福满满，因为成了一桩美事的自己，也在幸福备忘录上刻下了温情地一笔。

回家路上，芙蓉树在道路两旁安然入睡。偶然溅落的残花瓣零零点点，轻轻地吮吸香甜，它们披挂着晶莹剔透的水珠，彼此依偎，紧紧地拥抱，在梦中微笑着呓语。忽而夜雨飘零，丝丝细细，散落下来。我没有撑伞，在静谧如空的夜下感受雨的舞蹈，穿梭曲折小径，让夜雨伴我回家。我微笑，一次红娘，让情缘在两人之间穿针引线。是复杂的情愫，亦是感动；是祝福，亦多了一份勇气。或许，下一刻我就成了爱情的主角，成为另一段姻缘的公主。这份勇气与美好的憧憬从未如此坚定与强烈。

沉甸甸的感动化解了内心的淤积的赤泥。生命的长流中，单单激流勇进太过疲惫，何不停下来，为鹅卵石寻找一束暖光，为鱼儿寻觅一珠海藻，也让自己在爱的感动下温情暖暖。不再在尘世的浮躁中迷失与意乱。现世安稳，岁月静好。

Part 5
回归本色

微博时代的心情日记

Wei Bo Shi Dai De Xin Qing Ri Ji

午餐后到挚友雅居小憩时，闲来无别事，便和好友一起合影大头照，在温暖的阳光下孩子般嬉戏打闹。我们望着手机，欣赏着刚刚拍下的大头照，顺滑的披肩长发和圆润着桃花初放的娇羞，由里而外释放着如诗般清纯的俊丽，看着如花的脸庞，我情不自禁地将它发到微博，分享给大家。

不知微博何时兴起的，起初也只是抱着玩玩的心态，八卦明星和好友的消息。可是不知不觉，自己也会在微博记录点滴的生活，记录真实的自己。日出迎接变化，日落送走历史，周而复始，便是人的一生一世。靠回忆往事或翻看旧照来寻找自己的过去总会受到局限，通常记住了事情或画面，却不一定能记住心历和成长，只有感触特别深刻、影响尤为深远的经历才会被木刻成一幅长卷，装裱在心框里。一天一天的微博生活，尽管文字拙劣，却温暖如淳。它们的点点滴滴或是属于自己，或是关乎家人朋友，却都与生活息息相关。

仅仅用手指便能记录过往，或许每天只是只字片语，只是一张照片，一点言语，或忧伤苦恼，或幸福满满。每天记录些生活体悟，即便琐碎，毕竟是切身感受，就像是收集一些纯粹而带有苦涩的普洱新茶，用真诚来呵护茗品，用空气来自然发酵，用年月来增添陈香，若干年后，品味自己的珍藏，如同跟随时光追溯自己的历史，那每天发生的故事，那故事背后的心情和启示。

回忆是对过去的最高敬意，回忆是对过去的最美祈愿。日复一日地记录，随心所欲写下自己的点点滴滴。看到相依的老人手拉手过马路，我会拍下来发到微博；为一个人做了丰富的晚餐，心情大好，会拍下来在微博上与朋友分享；遇到无厘头的搞怪事件，也会惹到微博的好友发笑。无论是美好幸福的瞬间，抑或琐碎的心事，都在微博展露在真实的自己，记录最真实的心情。不用带着面具，也不必担心会说错话而自责。就像阳光下的尘埃，无人清扰，轻舞飞扬。

日复一复，我竟然惊喜地发现曾经只在工作中打拼的自己竟也开始静静地观照幸福，开始寻找真实的存在感。情感的细腻让内心日益强大，生活的重心开始像内心转变。偶尔无聊，翻看过去的字迹与照片，即便回忆过去，也不再如玻璃相隔的标本，虽然清晰，却不可触及，遥遥相望。曾经以为流水的时间没有过去，却不料水的灵魂沿水逆回，不可磨灭地延伸在过去，寻找昔日的足迹。孩童时候的嬉水，把脚丫置于河水中，凉意攀沿上来，阳光也避着它，这样的细节，也会渐渐浮在脑海之中。

或许，人的记忆是时间送给我们最珍贵的礼物。可是我们常常只是将它们散落一地，或搁浅在角落，直到它们布满灰尘，便将它们随手一丢。可是若是小心地收拾好这份礼物，即便忘记了，可当有一天轻轻打开记忆的纸盒，也依然可以瞥见幸福的掠影。纵使过去很多年，也依然隐约地记得当时的心情与快乐，看见属于自己的真实，时间的神迹或许就在这里吧。

记录自己的同时，也关注朋友的生活。即使不在同一座城市，依然可以感受到他们过的幸福与否。分享全部的感动，于是爱上了微博。它是记录心情的轨迹，也是敞开胸襟的窗口，更是步入思考的链条。

谁没有酸甜苦辣，谁没有悲欢离合，谁没有坷坷坎坎，谁没有风风雨雨？或许，人的一生就是一个斗大的“心”字，上面那点和旁边两点的组合代表着“因为”，那个竖弯钩是因为的庇护下连接着三个点，三个点是原因，代表着多，代表着几许的心思，几许的哀愁，经历中的无奈全部包含在那三个点的组合里，那个钩是说不出的心情，因为太多太多的无奈，太多太多的因为，而它们的后面却没有明朗的所以——因此，心是牵挂的幻觉，心没有十分清醒的时候，只有当自己明白写着心情的微博，那段文字便让心和情连在一起，变成丰满的心情，生动的心情，跳跃的心情。情是心的色彩，是心的外在，由内在迸发出来的感受，情让心变得直观和形象，情让心得到证实得到温暖得到包容和理解，情是心的“所以”，于是，微博因为心情便有着因为和所以，有着因为后面的所以，人便在这样的念想里得到满足得到快感！

生活在点点滴滴的记录中行驶，我惊喜地发现细小的改变，更关注细节，更关注美好，更懂得分享，也更了解自己。即使与好朋友相隔千里，也能让朋友第一时间体会彼此的幸福生活，也能在夜深人静的时候因为朋友的一句微博而开怀大笑，默契依旧，岁月安好。我已经开始幻想，当自己老了，当看到微博数量依然成千上万,一定会惊讶于这份细细碎碎的生活。

其实生活本就是琐碎而幸福的，等待它们的光临，寻找它们，记录它们。让光阴定格在那一瞬间，定格成永恒，等到老了的时候，看看这些过去，或感伤，或幸福，然后在夕阳西下的瞬间，告诉自己：且行且珍惜。

给自己挑个礼物

Gei Zi Ji Tiao Ge Li Wu

爱自己是一场毕生浪漫的开始。

收到主编电话之时，我刚好在常去的咖啡厅看书。咖啡馆是清明的老房子改建的，除了固定的常客，很少有人来，门前那一颗古老的杏树昭示了老屋的年岁。店主似乎并不期待生意红红火火，反而享受着这份平静与安宁。如今，我已经习惯了周末来这里坐坐，假日午后的老旧屋子前，阳光透过郁郁葱葱的银杏树间隙洒下一地斑驳的树影，它们律动地跳跃着。夏日闷热的风吹拂而过，景物摇曳，树影婆娑，跃动的光斑像舞蹈的精灵在我周围活泼地起舞。我并不孤独，只独自一人坐在其中悠然自得地品味着、感受着，这是我享受生活的一种特殊方式。

眼睛有些疲乏，于是我眯着眼睛看着树影的斑驳，它们星星点点地孩子气闪闪发亮。而主编就是在这个时候接通了我的电话，告诉我，之前投写的稿子被正式录用了，以后每周的专栏交给我。挂上电话，我赖在软软的沙发里，久违的幸福与快乐浸满全身。心情骤好，已经很久没有收到这样好的消息，于是在告别店主之后，我走出咖啡屋，想买一份礼物送给自己。

零落星散的思绪聚集一处，阳光穿透银杏树，暖暖的树影摇曳依旧，尽管夏风闷热，我却在闷热的风里笑了开来，弯腰从地上捡起两只银杏放入口袋中，微笑着踏着斑驳的树影悠然而去……而转身回望那静静的老房子，它依然温和地矗立在天地之间，静默地注视，仿佛在为我祝福。

是啊，或许在这个世界上，每个人都有各自的位置，它们在各自的道路上留下各自的脚印，在各自的纸页上书写各自的篇章，路的尽头，纸的背后，我们都不应太在乎。在我们品味和享受人生过程当中，不管结果是璀璨明丽的又抑或是黯然无光的，我们都应该欣然接受。学会无论在失落还是喜悦的时候鼓励自己，奖赏自己，给自己一种奋发向上的力量。

拉回思绪，来到一条很有特色的幽幽小街，长长的小街尽是特色小店，我推开其中的一家小店，及地的长裙扑面而来。店主望见有客，放下手中的书，我这才发现她竟是金发的外国女孩，或许因为投缘，女孩热情地给我比量着，挑选着。我看了看标签，价格不菲，而店主告诉我，这些都是从她的国家带来的。挑选了一件红裙子，看着它，不知为何我想起了艾丝美拉达的那件红裙子，一样的妩媚与迷人，低调却风情万种。价格不菲，可依旧动了心，我告诉自己，就算给自己一个奖励，有时候也该对自己好一些。

换下牛仔裤和白衬衣，我站在镜子前，竟几分恍惚，不敢相信那个从未穿过长裙的我竟是这般美，不禁有些羞涩。回到询问金发女孩，她用她蹩脚的汉语真诚地赞叹，从她的眼神我感到那不是恭维。没有再脱下来，只身穿着它出了小店。及腰的长发，红色的长裙，买一盒冰激凌，在夏日的午后徜徉。

尽管如今生活富足，可是这么多年我依然朴素节俭，但这并不影响在这样的一天为自己挑一份礼物，送给自己；送给无数疲惫的黑夜；送给日日陪伴着我的群星；送给窗外细细碎碎的银杏叶，它们每日伴着风在我的窗前奏响，也送给当灵感光临，不管在哪儿，也要随时随地记在本子上的自己；送给未来的自己，并时时提醒着这份成功有多么来之不易。

想起了一个朋友的话，她常常提醒我，女人要爱自己，要有爱自己的方式。如今我才慢慢理解如何爱自己。也许，真正的自爱是建立在坦白地正视自己感受的基础上的，自爱是要时时倾听自己的内心，这不仅需要勇气，更需要绝对的诚实。诚实地面对真实的感受与欲念，选择自己想要的，不曲意求欢，不委曲求全，更不刻意讨好别人而压抑自己。我就是我，是与众不同的我，是唯一一个我。

在努力之后，无论成功与否，都给自己一个鼓励，一份奖赏，慰藉过程的汗水、辛酸，为自己的勇敢和坚强而打气。一顿美食，一本好书，一条裙子，一次旅行……这份礼物，不一定很贵，但一定要是自己上心的，或是它早已被你觊觎已久，而你却始终不舍得买给自己。那么，给自己一个机会，买下它，作为送给自己的礼物。不必怀疑这样的方式，其实，这并不表示自怜或放纵，更不代表奢侈和浪费、小资或自艾。而是一种生活方式，是真诚地肯定自己，鼓励自己，无论自己的缺点和优点，无论最后是一份成功或失败，如此时常激励自己，自身的潜力也会更好地开发出来。

人生的每一次付出，就像在山谷里喊话，没有必要让谁听见，那缠绵悠远的回音就是最好的回报。生命的道路常常需要你只身前行，而最好的护航者就是自己。疼爱自己，才能用爱的眼光欣赏自己，欣赏这个世界。爱自己是毕生浪漫的开始，而你便是这一路航海的船长，引领着自己向生命的曙光前行。在静寂的夜欣赏悠悠海鱼，在温暖的季节打捞珍奇的贝壳。

从现在开始，为自己挑一份礼物，与其自怨自艾，不如用它来点亮内心隐藏着的温暖昏黄的油灯，让它们的温暖照进心扉，让爱自己的浪漫的爱的旅程从这一刻开始。

He Yang Guang Wan You Xi

和阳光玩游戏

久违的假期，我安静地坐在沙发上看着窗外胡思乱想。阳光透过家里的落地窗光光点点地洒在我的脸上，大片的温暖撒在我的脸上，我伸了个懒腰，拉开窗帘，这才意识到，我似乎好久没有晒太阳了，或因为工作，只顾在办公室来回忙碌，或担心皮肤被晒黑，而对阳光躲躲藏藏。渐渐地，我已经忘记了这最温暖的日光浴。走出家门，将木椅搬到楼下的花园，决定利用这个周末和阳光做个游戏。

走进阳光里，那一碧如洗的蓝天，白云悠悠。天，蓝的像大海一样幽深。云，白的像百合花一样圣洁，飘渺而又真实，轻盈而又端庄，引得我的心也随之走向温暖。秋日的太阳温暖却不伤人，如同一张柔和的纱，包裹我的全身，肆意舒展，它轻轻地触碰我全身的每一处肌肤，如同妈妈的手，白皙而修长，空气中弥漫着阳光甜蜜蜜的味道。我奢侈地想象着，当我老了，在这样的一个秋日午后，我随手捧起一本诗集，坐在小院子里的古长藤椅上，一摇一晃，如同一只疲倦的老猫，慵懒地度过一个个明媚的午后，让笑容慢慢浸上双颊，最终凝结成一朵晶莹剔透的幸福之花；或者在点缀着些许白花的草坪上荡荡秋千，陪我到老的那个人与我十字相扣，让歌声与笑声交融，和着阳光一起撒遍每一寸土地，一种淡淡的被我们称之为幸福的东西也在土地中开始滋长，收获满园的芬芳。

现在想来，这些情景并不奢侈，却是最容易获得的幸福感。无需奔走，无需拿出钱包计算得失，只是安静地面对着它，它便像母亲一样温暖着微凉的心，脑海中天马行空的想，笔尖行云流水的记载，我幸福得不知所以，这些幸福只与我有关，而旁人却不解，突然想起狄更斯在《艰难时世》中说起的：我们眼前一无所有，我们眼前无所不有。

秋天的太阳暖暖的，不刺眼，和蔼地亲吻着我的脸庞，于是，沉重的心情放松了许多，打开心扉，让这一缕阳光来整理我烦乱的心绪。在这样清净的角落，什么都不想，什么也不问，让这灿烂明媚的阳光，驱走内心的阴影，驱散伤感的心情和心灵深处某一角落的自私与狭隘，于是我慢慢地抛却与遗忘了生活所有的纷纷扰扰与是非恩怨。只是像这样，静静地欣赏着一抹温暖、一缕阳光。

同样的，与阳光对话，拥抱阳光，就如同拥抱一份久远的期待与重逢的喜悦。在这个时候我竟会无知无觉地怀念一些往事，开始惦念起一个好久没有见面的朋友。而现在，我的身旁别无他人，只有一只懒猫睡在树荫下，一片飘落的树叶落在它胖胖的身上。或许，我怀念的不是确切的某个人，某个具体的事，只是把阳光的名字深深地印在记忆的长廊，留下了甜蜜的思念。亦或者，在这温温柔柔的怀抱里，将这些心事变成一个个可以讲述的故事，在心里讲一遍给自己听，直到隐约睡去。

在温暖的陪伴中，我和身边的小猫一同睡下，它慵懒地并不理我，四脚朝天，白色的羽毛闪闪发光，好似掺着金线，偶尔打个盹，或是望望我，像老朋友般默契非凡。没有时间的概念，只有关乎阳光的记忆。我安然睡下，在梦中，我梦见儿时常去的那片海滩，梦见在祖母的镜像中跌跌撞撞拾捡彩色贝壳的自己，梦见下班过来的母亲带着红色的草莓朝我一步步走来，面带微笑，甚至梦见蓝天白云有一对人影，他们驻守着这边海域，微笑地看着我。

当我再次睁开双眼的时候，竟是傍晚时分了，而身边的老猫不知去处。夕阳下的远山侵染红色，太阳一点一点地向山后落下去、落下去……那一刻，没有告别的依恋，因为夕阳把告别演绎得如诗如画，留给我无限遐想的空间，或许它在告诉我别离是又一次相聚的开始，夕阳西下的不久便是更加温暖的初阳。夕阳无限好。

起身，准备离开。阳光就这样给予我了无限的温情，我宛如一个吃饱喝足安然躺在母亲怀里的婴儿。我在心中感念阳光，它穿透我的发丝，照亮我的窗前，直射我的心底。我阴雨中骨头的那些锈迹与有些发霉的魂灵在这一刻消失殆尽，留下的只是温暖。

道路在阳光下铺展，道路在阳光下延伸，我望向归来的老人，他的一旁领着儿孙，走在夕阳回归的大路上，路上的斜影在路上被夕阳拉得很长。我们都需要阳光，在阳光里，生命成长或者成熟；在阳光里，笑容灿烂；在阳光里，灵魂透明；在阳光里，叶子绿了叶子黄了；在阳光里，青年的脚步轻快；在阳光里，老年人纹路舒展；在阳光里，这个世界浪漫。我在心中给自己一个设想，以后每天早早起床，步行上班，让清晨第一缕阳光轻柔的抚摸，若把心事告诉这善解人意的初阳，心里一定会充满温情，充满博爱。

走出去，和阳光做个游戏，哪怕只是安静地做一会儿，哪怕只是在阳光中做个美梦。让阳光混着泥土的清香散布你的全身，尽情地呼吸自然的味道。懒懒地伸伸双臂，坐在木制的摇椅上，晒晒太阳，也晒晒心情，一切随风而散，而望向那远方的太阳，灿烂依旧。

观赏雨天的花开

Guan Shang Yu Tian De Hua Kai

下班之时，不想天空竟淅淅沥沥地下起雨来。细细的小雨断断续续，我撑起伞，决定步行回家。自小就喜欢微雨，常常在细雨中不撑伞，让雨水打湿柔软的发梢。竟不想，在这一日的劳作之后，与微雨相遇。几滴微斜的细雨偶尔抚摸脸颊，世界因为下雨而安静起来，尽是雨声在地上滴答作响，好似在歌唱，又似与大地在交流。水汽缭绕，一把把雨伞从我身旁擦身而过，好似仙境一般。不顾虑湿湿黏黏的泥土，不再小心地趟过水坑，或是埋怨突来的细雨。

我喜欢雨天，尤其是那绵绵的细雨，长长地落下，缓慢而轻盈，像是一首动人的舞曲，在天空如此蔚蓝的舞台上轻舞飞扬。天色变暗，昏暗的天空让人忘记了是晨是昏，忘记了时间，也忘记了节令。雨像薄纱的帏帘一般突然放下，立刻隔住了阳光下的喧嚣和扰攘，以及过分明白清晰的事物和景象。下雨天的我也变得格外懒散，没有了明亮的阳光，没有了那无形中催迫他人的力量，不必晒被子，不必大洗衣物，不必忙着拜访客户。雨天将诸多争先恐后的事情驱散，只留下静静的我自己，和一抹微雨的气息。

我望向空中，千万条发丝在雨中飘扬，丝丝缕缕，密密斜斜，不分彼此地缠绵。它下得有条不紊，不乱心性。道路两旁，枝繁叶茂的绿，尽情地吮吸着雨水的芬芳，这无不让我羡慕，那般的自由无暇、怡然自得。它洗尽绿叶的泥土，也在悄然洗尽我心扉的忧伤。一路所有的聒噪仿佛都被藏掖在了雨丝之中，而心灵的对话却伴着雨丝悄然跳跃在雨伞之上。

路边的树木被雨浇灌得油光发亮，苍翠欲滴，雨水顽皮地弄湿了我的裙角，孩子一般，而我却感念这分与雨滴的相逢。突然想起曾看过的一首诗：一滴雨 / 一个干净透明的少年 / 有着健康、结实的身子 / 你看他优美有力的弹跳 / 先从空中跳到树叶上 / 然后又跳到地上 / 后来我们就找不到他了……我回味着诗一样的画面，漫溾出别样的风情。

思绪随着雨滴细细碎碎地飘散，在回家的小径上，我惊喜地发现门前几株泡桐竟然花开了。我仰望着泡桐树，它出奇地高大，仿佛与蓝天接壤，颇有伟岸的男子气。它枝繁叶茂、树冠如盖，在半空中流淌着旺盛的生命力。刚刚四月初，一场绵绵细雨，竟催得它花开了。紫中略白，它们密密地簇拥着犹如一个个花塔，外层的花朵有点像塔上的铃铛，细雨洒下，风声雨声与它们一同簌簌作响。或许是泡桐花过于柔弱，几朵花瓣随风而落，在大地上铺陈出一小块紫色地毯，既诗意又清丽。这是一种生命的昭示，它们安详地躺在雨水之中，此时无声胜有声。

我闭上眼睛，深呼一口气，汲取着它身上独特的芳香。那气味并不像玫瑰、百合般优雅，甚至有些粗犷，出其不意地窜入人的嗅觉，恬淡、辽远一般，让人的心弥漫起一种温柔与怅惘，陷入“什么都想、什么都不想”的心灵世界。我忘记了我身处城市，忘记了周遭的街市与高楼，而是联系到森林、空谷、山野，在那里散发着幽深、潮湿的泥土气息。

或许是泡桐的形、色、味于不经意间交织成了它的风骨，我总觉得泡桐花在淡泊、隐逸的同时又有些寂寥。由于枝干高大，它不仅超然于群花之上而且还超出了人的视线，显出一份“不与百花争春”的高古。我多么庆幸在这雨天能够欣赏到泡桐花开，能让我聆听到这花开的朵朵声音。

我轻轻地驻留，不敢有一丝声响，花开的声音正轻轻吟唱。它们仿佛在喃喃细语，如同清风送花香。谁能破译这来自天籁的声音，就像在我们的童年中，用一双稚嫩的小手，无法捉到蝴蝶的翅膀，只能倾听蜜蜂对花的献媚轻唱……

风声雨声一起在空中飞扬，只一会儿工夫世界便开始清凉，雨水不再肆无忌惮，慢慢地停止了下落的节拍。雨水清澈晶莹，我的心底也发出一丝薄荷糖的沁凉。喧嚣与骚动在雨水的打磨下悄然无声。飞鸟滑过，轻轻地落在枝头，注目天空。深呼一口气，再闻闻新开的泡桐花香，它们似乎在向下落的泡桐花瓣祈福祷告。花开花落，它们对生命无怨无悔地魂灵深深感动了我。

雨天花开的感动，只有真正相遇，才能深切地体会这是怎样的一种情愫。我再次上路，通往回家的路，道路上不再污渍斑斑，在雨水的洗涤下反而闪闪发亮。我感念这突然的飘雨，让我安静地享受久违的宁静与辽阳，让我有幸沉下心境与泡桐花相遇，感知雨天花开的丝丝情绪。花开花落，它们短暂的一生却依然无怨无悔，这是怎样的一份豁达，而对于我们却很难很难？

这日夜中，我带着思念与期盼，带着久违的安宁与平静走向梦中。梦中，我看到泡桐花从天空飘洒，它们与风声为舞，与雨滴作伴，它们落下的时候，便是生命结束的时刻。可是它们依旧在最后的生命时光中唱响花的篇章，静默地昭示，昭示对于生命最美的感动。而我也变成了一朵泡桐花，随风而去，没有忧伤，没有愁苦，留下的只是对生命的感激与执著。

雨中花开，我不会忘记这份花开花落的感动，这份恩赐我定会铭记在心。

我和大自然的约会

Wo He Da Zi Ran De Yue Hui

一直向往大自然，向往将自己融合到大自然中夫，幻想着当我老了，吟诗作画，与山水交流，与溪流共鸣，忘记红尘的忧怨，抛弃去日苦多的烦恼，做个自然的仙人。返璞归真。品读苏轼“几时归去，做个闲人，对一张琴，一壶酒，一溪云”的淡然，遥想李白“弃我去者昨日之日不可留，乱我心者今日之日多烦忧，长空万里送秋雁，对此可以酣高楼”的洒脱，于是带着这份神往，我决定将自己难得的假期交付给大自然。

爱默生在他的《自然沉思录》中说道，“当人面对自然而全然敞开心扉时，所有的自然之物都给人以相似的印象。自然永远是恢宏大度的，不曾有卑琐的外观，对于一个充满智慧的精神来说，永远不会成为一个玩偶。”当我身处城市之中时，包裹我的是呛人的烟尘，压着我的是阴暗的天空。这空气让人窒息，这天空让人心枯萎。我迫不及待地放快了脚步，想象着自然的律动与美好。

或许很多人都看不透，把美好的事物看得平淡了；把有意义的事情看得消极了，于是人也越来越不快乐。人应该学会淡泊，学会品味那些沉寂在宁静中的美，安详的美，与事无争的美，学会去感受属于自然的情怀。落日晚霞，红叶秋霜，晓风残月，难得惬意；倚窗听雨，凭栏赏花，难得恬适。在宁静中感受自然，在静谧中感受那蕴藏在天地间无穷的魅力与伟岸，在安详之中聆听属于自己内心的声音。如是，我们便会心无挂碍，坦坦荡荡，一切万物皆是空。

一位智者说："人的眼睛具有的那种塑造能力，使我们对于天空、山、树、动物、且因为它们而产生一种欣悦感，从它们的轮廓、颜色、运动和聚合中体验到一种快意。"于是，怀着对自然美的崇尚精神，用心感受大自然的美，让心灵与肉体一同与自然水乳交融。

来到山谷，在空寂的深谷中游走，参天的古树和环山的雾霭在寂静的山谷与庙宇中渐渐升起的香檀烟云为整个大自然披上了一层清纱。时而从远处传来浑厚的钟声和近处的鸟儿归巢声，让我为之久久伫立，让最后的余晖将自己涂抹成一块石、一棵树、一朵侧卧的云。一瞬间，我感知的不是大自然，而是我自己。

山谷之上，一洼清河。来到此处，已到落叶十分。傍晚的河边是寂静的，当太阳躲进山背后的时候，西天就会浮起大片的金霞，好像是云彩在燃烧似的。河水之水不再是水，而是熔化了的黄金。不时有鱼儿跳出水面，带起来的水滴飘飘洒洒落在河面，荡起了圈圈细细的涟漪，漫出了淡淡软软的氤氲，贯满了一湖浓浓的诗意，如酒醉人。我静静地看，静静地看，在那水天相接的地方，水与天在紧紧地吻着。耳边传来了流水孤独的吟唱，那声音好像是从我灵魂深处穿来的，不，又好像是从我血管传出的，那是河水流过血管发出的低吟。

风情的风，善良的柳，它们像老朋友一般陪伴在河水的吟唱中，悠悠作响。

我轻轻地问到，你是否从雪山之巅悠悠而来？是否抚摸过每一株水草，亲吻相逢的每一颗石子？岁月的变迁与沧桑都没有阻挡你的前行，你只是静静地流过山巅，流过峡谷，流向远方。愉悦的心情就会飘然而至，给人一种很开阔和温暖的感觉。此时此刻，眼前的一片温情的河流，就像自己此时的心情，自由舒展，徐徐缓缓，那一片金黄的水面，更像夕阳浸染的天空，云霞涌动，飞逝的时间就在这一时刻停驻。

老人言，山水启导尘世灵魂。醉心的一刻在于下山之后静静地站在小桥上。看山中溪流从脚下潺潺流过，听清风悠悠过耳，松涛过处，山水和松声草色融为一体。一时间，竟恍若置身心澄目洁的境界，化身于一种“月朗风弥静，云闲水自清”的幻象中轻轻哼唱。渐渐融入致虚极、守笃静，杂念去净的自然中。不说话，什么也不做，什么也不想，就这样坐在小板凳上，似睡非睡，似醉非醉，随各种大自然的声音漫过耳际，沉浸于行云流水的享受中。

人生疲惫，生活劳苦，需要回归精神的家园，寻找心灵的驿站。就此抛开一切羁绊，从此让生命贴近自然。于风景之中品味“行至水穷处，坐看云起时”拈花微笑的禅宗，在山水间领悟人生，这真是至善至美的大境界。或许许多人曾如我一般，在追逐的忙碌中与幸福与舒畅失之交臂，不能聆听到内心的声音，只在他人的脚步中与生命的美好背道而驰。直到某一天，才发现生命之中无所得，那些所谓的所得竟从未给自己留下任何念想。自然的气息与呵护早已不再光临，只留下空虚的自己在幽幽暗暗中难以前行。

带着一份留恋与感念，我离开了自然的山水与映红水天的夕阳。心底从未有过的宁静，我知道我听懂了自然的呼唤与祝福，也理解了自己内心的需要与所求。望向来时的路，我知道这是归途，是生命的回归；望向前行的路，脚下也愈发地坚强。接受完大自然的洗礼，身体得到了空前的解脱与洗涤。这样的约会难忘而留恋，我洒脱地朝身后的夕阳招招手，而它似在微笑，对我注目礼的凝望，仿佛是在祈祷。

Part 6

旅行去啦

古城里的"艳遇"

Gu Cheng Li De "Yan Yu"

火车一路向南，我问起身边纳西族的小女孩，为何丽江古城没有围墙。小姑娘听罢，随即莞尔一笑并言道，相传丽江的世袭土司姓木，若修建围墙，围即为困，所以丽江大都是敞开的。

一座敞开的古城，我早已心驰神往，只有偶尔隆隆的火车声善意地提醒我飞腾的心。既无高大围城，也无轩敞大道，一座不设防的城市，没有城墙，自然也就没有城门了。开放式的布局跟中国的文字有着丰富的渊源，而文字与人们的生活又有着太多的丝丝缕缕的联系。

清晨，我踏上丽江的小站，稀稀疏疏的晨灯无声地向我道早，仿佛老朋友般，来得刚刚好。有多少人如我一般，清晨踏上这座古城，我不得而知。可，即便朦胧的黑暗压古城，我依然能嗅到它的历史感和沧桑感。因为，那些清晨劳作的、佝偻着身躯而坚持着穿纳西装的老人已经告诉我了岁月的重量。

深深的小巷两旁，是晨光投下的光点，无人清扰它的变化与定格，人与影的交错，忽长忽短，时正时斜。小桥流水，光影的投射，告诉人们它们与波的舞蹈；点点灯火让古城的轮廓清晰可见，我轻笑，谁说这是座没有围墙的城，瞧那灯火……那五花石铺就的石板路，明清时代的石桥、石牌坊以及土木结构、古色古香的民居瓦房，无不记载着岁月的痕迹与时代的变迁。小桥流水通万家，石巷瓦舍美如画，丽江的水清清的，细细的，长长的，如同一条心灵的溪流，潺潺地流进你的心田。是那么清澈，是那么圣洁，是那么的柔软。

身处这样的一座古城，我忘记了自我，忘记了相隔千里的都市，忘记了烦闷与迷茫，而是萌发出一种柔情的倾诉与无言的眷恋，即便我看不到，看不到古城的一石一桥，看不到玉龙雪山，也看不到传说中那神秘的女儿国。行走在丽江街头，可以看到流水穿室，人居水上的飘逸与浪漫；可以看到柔波里水草青郁，鱼儿游弋的悠闲自在；可以看到金发碧眼的老外来往穿梭，店铺招牌中文外语并存，不甘寂寞的传统手工制品林林总总与无孔不入的现代工业品琳琅满目的和谐统一；可以看到街傍水筑，水依街流，杨柳依依，流水潺潺的清丽与久远。丽江对水的利用堪称古城的神来之笔，走在这与水缠绕的小街上，感觉久远、古典、自然而清新，像是来到了江南。

游丽江，我明白，旅行的意义不再旅，而在行。手里握着客栈老板给我的手绘地图，粗糙的纹理映出古城的走势，3.8平方公里丽江古城，三道入城的玉泉水，衍生出无数支流，穿街绕巷，蔓延全城；茶马古道，人群熙熙攘攘，我仿佛看到古时滇西集散中心。城中的 300 多座石桥与流水、人家、绿荫、深巷交汇融合。此情此景，我的心早已化作一缕溪流，汇入河水，与它做城中的陪伴。

丽江的清晨是安静的，甚至是沉寂的，走在磨得没有棱角的角砾岩路上，早起的行人说话嬉戏也是细声软语。渐渐的，古城热闹起来，城民开始了一天的劳作。新鲜的水果在阳光的撒射下心甘情愿地透支它的光鲜与娇润；卖水果的男孩连同阳光里的静态木凳吮吸着阅读的快乐，早已忘记这一蓝蓝水果与行走的旅人。身着纯棉的衣服,晃动着手上的银镯，放肆地品尝琵琶肉和鸡斗凉粉，抑或静坐在纳西族依渠而建的质朴民居上，伸手去触摸阳光里的明媚，没有灵感，只是静静的，什么都不想。

而终年白雪皑皑的玉龙雪山，仿佛卧龙横亘于滇西北高原，百里绵延，天神般缠绕并保护着古城。客栈店家曾笑言，卧龙雪山的透亮让他常常分不清丽江的昼夜。我望向天边的玉龙雪山，望着这位日夜守护丽江人的图腾，它哺养着这里的一代又一代。相传玉帝三太子曾路过此地，看到这里民不聊生，战血横流，便将腰间的玉带随手一扔，化作玉龙雪山，从此这里民泰安居，生生息息，仿佛世间的世外桃源。

积雪在曼轻薄雾间若隐若现，偶现的群羊在苍茫中早已一闪而过，不知所踪。山脚下寺庙威严的神像，垂暮的老人，见证着古老的图腾与岁月的厚重。满山的杜鹃在这里恣意地绽放，不在乎稀少的人群，反而更加不吝啬地争奇斗艳，开出繁花似锦。

我突然体会旅行的真正意义，在于一种“艳遇”，是和生活与心情的相遇与碰撞。人生也是如此，不在乎目的地，只在乎路上的心情。每走一步，内心就越发的柔软，因为这里处处是人与自然的惺惺相惜，是古城苍老与年轻年轮的相织，只在远处的木府牌楼上刻印着“迎旭日而得木气”……光与影交相辉映，阳光也赋予自身语言，丽江这座古老的城，鲜活而光明的生活着，在无言倾诉它的美的同时，它也在告诉人们生命的意义。

而我，却在匆匆赶路的岁月中，错过一站又一站，或忽略它，或无心理会它，却不知我错过的不只是风景，更是一种人生的经历与感悟。

虽然，于它，我可能只是一名过客。然而邂逅于这样的古城，我在想，是否是上天的眷顾。因为意念早已在我的脑中徘徊，它正悄然告诉我如果寻找生活中遗失的美好。

圣经中不也告诉我们吗，寻找，才能找到。

天涯海角有时尽，幸福绵绵无绝期

Tian Ya Hai Jiao You Shi Jin, Xing Fu Mian Mian Wu Jue Qi

天涯海角，单是这四个字就已让人心驰神往。

天涯在远方，就在海角的那一方，经年累月，海潮与它为舞，洗尽铅华。海角和天涯忘记世界的变化，抛开世事的沧桑。出行多年，我不习惯做旅途的匆匆过客，常常单选一个钟情之地，独处数日。望着版图偌人的海南岛，我对三亚浅浅一笑，就这样，我怀着对大海的朝圣，独自一人飞往心中的海角天涯。

即使自小出生在海边，当我看到三亚的大海也着实为之一动。这是一个蓝色的世界，湛蓝的天与湛蓝的海水在天际交汇缠绵。在那最遥远的地方，分不清是天空还是大海，海岸滩上，即便欢跳的海浪卷起了细沙，也不见一丝浑浊，清澈透明。踩在沙滩上，海风撩人，将湿润的海水清淡味送给我，一阵清爽，清沁入脐。三亚的沙子细腻柔软，海浪亲吻着脚，嬉戏般一层追逐一层，大海就像蓝色的绸缎一样，彼岸抖抖，便掀起一层层的浪。人们奔跑着，只有岸边的礁石，稳稳地迎接海浪，击碎了浪头，天空上顿时飞起无数雪白的水花，犹如珠飞玉溅，美得让人心醉。

这样的温情让我想起小时候与哥哥在海边赤脚戏水的情景，那时的我跌跌撞撞，傻傻地问父亲海的那边是什么？父亲抚摸我柔软的头发，望着天际，告诉我海的那边是世界的尽头，是游鱼的世界。恍惚间，海浪忽急忽缓，刚刚轻软的浪花顿时激荡奔涌起来，气魄非凡。我想像魏武王站在脚下高歌那首豪情万丈的名篇《观沧海》。

时间在这里成倍地缩短，转眼间夕阳已经落入海水，海滩沿岸的景观灯悄然点亮，落日把海天相接处染成嫣红色，烟波浩渺，帆影点点。沙滩上，海岸边，椰树婆娑，怪石林立，笼罩在一片金黄色中，如诗如画。身旁刻着天涯和海角的巨石静理海头，日日夜夜地守护大海。沙滩的游人渐少，只有偶尔经过一群闪着乌黑明眸眼神的黎族少女以及星星点点的恋人彼肩徜徉，而在“天涯”和“海角”的两块巨石中间一对新婚夫妇正幸福地拍着婚纱照。我微笑地望着幸福的人群，海水刚刚没过脚踝，银色的脚链在海水中波光粼粼，沐浴着温润的夕阳与海风，没有“天之边缘，海之尽头”的苍凉之感，体会着“天涯海角有时尽，幸福绵绵无绝期”的感动。

我想，来到天涯海角的人无一不会对那几块巨石肃然起敬，它们年复一年地立于白色沙滩，经岁月长期积淀留下了经久不衰的震撼。

昔日一度被古人叹为“不堪断肠思乡处、万丈炎荒无觅处”的这里，早已在历史长河中消失不见，只留下深邃的大海与天空。天涯海角，天空之下，悠悠白云，映照着灵魂深处的天空，彼此交相呼应。极目远眺，鸟瞰大海，海天一线，尽收眼底，我试着张开双臂，惊讶于竟在这里找到了归属感。天空如此清澈，洗涤了内心的阴霾与孤寂，留下了幸福的气息久久留香。任何忧愁在大海面前亦是微不足道，想起雨果的那句："世界上最辽阔的是大海，比大海更辽阔的是天空，比天空更辽阔的是人的胸怀"。这里将我引入另一个空灵的世界，仿佛我已化作一缕清风，柔化于天地间，弥漫于空气中，与日月如影随形。

来到三亚，钟情水果的我兴奋不已。种类繁多得让我已经叫不出名字，不说许多城市不多见的杨桃、莲雾和菠萝蜜，就连芒果和菠萝也比一般所见的好得多。而布落其间的最具特色的非椰子莫属。手捧一个椰子球，翻出蓝色的连衣长裙，我穿梭在三亚的街道。我轻轻拍打着椰子的树干，它坚挺得纹丝不动。那灰白的树干，一直伸向碧蓝的高空，几十支绿色的大叶子像遮阳伞一样散开，摇曳而骄傲。喝完椰汁，我也煞有介事地学着当地人挖出椰汁的果肉，别有一番情趣。

我望向大路的那端，这条路一直通向大海的方向。面朝大海，春暖花开，天涯海角带给我的不仅是一颗恬静而自在的心。久违的纯净的海蓝天上，间或一行飞鸟恣意飞过，我问低着头拾贝壳的小女孩，"你在拾着什么呢？"小女孩神秘一笑，告诉我："快乐"。内心长久地触动，我随着这几个小女孩在阳光下拾捡漂亮的贝壳，作为彼此相识交换的礼物，奢侈地挥洒时光青春。

望着跌跌撞撞奔跑的小女孩，我仿佛看到了曾经单纯简单的自己。这么多年，很久不能如此和大海对饮，与沙滩拥抱。是啊，她们拾捡的不是贝壳，而是快乐。有时候，孩子是最智慧的，她们脱口而出的语言往往是被我们遗忘的珍贵礼物。而我们在苦苦追寻答案的时候，是不是可以停下脚步，享受身处过程其中的幸福？

离别前，我再次来到“天涯”和“海角”，轻声问向大海，这里是否是路的尽头，汹涌拍岸的海浪却告诉我幸福的方向。湛蓝的是天空，与大海；永恒的是海角，与天涯；难忘的是回忆，与往事；追逐的是梦想，与幸福。

穿越神话

Chuan Yue Shen Hua

颠簸在旅途的汽车上，一群大学生齐声唱着韩红的那首《神话》，声音穿过车窗，一路飞奔到在田野之上。微风掠过整片田野，使我一阵错觉，好似麦田也在随着歌声翩翩起舞。汽车追随着太阳的方向，一路前行，凯鲁雅克式的追梦，前往那个心向往之的地方，目光掠过悠悠麦田，我看到它们安静地回笑注目礼。我微闭双目，任微风拂乱长发，远离喧嚣，远离现代，远离都市争分夺秒的紧迫。就这样，两个小时之后，我穿越到了秦始皇兵马俑。

我与车队渐渐驶入步行街，远处兵马俑在苍郁层叠的骊山脚下更显浩然与壮阔。

因为不敢打扰仙灵，我小心地踏进一号馆，这也是最先出土的一批陶俑，只瞥见一角，内心便已经卷起千层浪。放眼望去，数以千计的战马兵俑千人千面，士俑、官俑、跪射俑、立射俑……即使同一着装、同一种姿势也有着不尽相同的神情，让每一个人惊叹不已。而那蹲着的射手陶俑，脚掌与地面的斜坡有 45 度之多，但依然 2000 多年屹立不倒。我几乎能够感受到当年嬴政从少年登基的无措到后来斩断乱臣的智谋，那一个时代的金戈铁马、明争暗斗的倾覆时代并没消逝，竟在偶然的一次打井过程中破土而出。这是不是要告诉我们不要忘记这一段历史的广阔与暗涌？这些静默的兵马俑以他们的身姿、神情和严阵以待的队形无声地诉说着当年征战南北的磨难、坚韧、别离与光荣。

我微微侧头凝视他们，心想或许即使是一件最普通的淹没在浩若烟海的文物，也能唤醒我们对其中奥秘的探寻，更何况是如此浩瀚的千军万马。无数古今之人细细探寻着它的源头，探寻浓浓缩影下统一华夏那雄浑博大的王朝帝国。

经过一排华丽高贵的梧桐树，蓝天的倒影反射在大厅的玻璃上。一声感叹，我随着人流踏进二号和三号馆，旁边的解说员告诉我这些是近年才开始挖掘的，为了恢复原貌，文物工作者将滴滴心血洒入残片中，粘贴、烧制，日日夜夜。他们当中流传着这样一句话，“文物不是死物，是可以探视千年风涌的望远镜”，如此我不禁对这些工作者肃然起敬。

此时，工作者依然忙碌着复原，夕阳洒下的金光好似一张雍容华贵的地毯，从脚边一直延伸到千年以前。我看到一位须发皆白的老者，擎着神刀思索，不多时不成形的泥土在他的手中飞转，竹刀飞舞，勾画出张张神采各异的脸庞：他们有的眉宇凝聚，端庄肃穆；有的微微含笑，望向远方；有的面带皱纹，疲惫不堪……最后，老人放下刻刀，最后一次仰望苍穹，他似乎望见了战死沙场的儿子，望见了自己还未曾见到的儿孙，泪光隐隐。我不禁唏嘘，笑自己太感性，太容易浮想联翩。可是却又感谢这里，因为来到这里，穿越般的神境让我彻底忘记紧张的工作，繁重的肩头在这一刻归于宁静。与古人对话，内心也清朗了许多。

望着这千万军马，即使没有男儿的怀古胸襟，依然击中般，震撼着我的内心。在这千军万马前驻足，我看到那滚滚的车轮，迎面而来。不必追溯，便能体会到两千年前的大秦王朝一路征战沙场，大秦子民用血泪铸就了这万马千军，而秦王就用他们铸就了自己的江山。这里没有血迹斑斑，没有倒戈的城池，没有腐烂的尸体，但历史的真相却被凝结在这一张张鲜活的面孔上，也被凝固在整齐的队列之中。这是出征抑或凯旋？秦王扫六合，虎视何雄哉！

我唏嘘曾经那杀伐了两千年的八千军马此时也终将悄然无声。我安静地直立着，看着兵马俑与大地相近的颜色，还有那双双半握的手，他们究竟想要抓住什么呢？是剑？是矛？是戈？还是死亡与鲜血、不屈与凌然？看着他们铁血柔情的眼睛，我依然无法捕捉，他们深邃的眼神早已留在公元前的战场上。可我好奇战火纷飞的战场上，他们是否想念与娇妻话别的眼泪，这又是否能驱策他们产生活下去的信念，他们不知月圆归家的承诺却化为千年的远行，或许他们不为苍生挥戈，不为天下举荐，只为那妻儿的笑靥。

每一个陶俑，每一匹战马，便是一道神谕，一份赤诚之心，风化千年的语言终归只能凝结于无言。在这几千年没有变队的队伍中，他们还要继续伫立下去，还要继续那几千年亘古不变的凝望，演绎千年轮回的神话。但我相信，在这座泥土的江山之中，他们的灵魂依然在聆听，聆听那遥远戈壁上归家的驼铃，他们体内流动的鲜血依然并将永远流淌、燃烧与咆哮，正如这沧桑大地一样，永远让人敬慕。而我，作为一名小小的拾荒者，只能在泥土中追寻过往，在历史中寻找幸福。

恍惚间，我听到身旁一个小孩轻轻问妈妈：

“妈妈，兵马俑会复活吗？”

“会的，他们都是有生命的。”

“那为什么他们睡了那么久还没有醒来？”

“嘘，他们太累了，我们小声点，不要惊醒他们的美梦。”

我笑看着这对可爱的母子，踩着阳光，离开了。是的，我想我将更加懂得珍惜，珍惜当下，珍惜幸福。

奔腾的灵魂

Ben Teng De Ling Hun

小时候起，我就向往去塞外草原，策马奔腾，看落日西下。年岁愈大，埋藏在心底的草原情结以及对草原的幻想愈是强烈。于是直驱河北方向，翻越了八盘九曲的塞罕坝界岭之后，我便只身来到了锡林郭勒大草原。

从喧嚣的都市转场而来，眼前赫然出现一片无际的绿，或许是雨后，空气混合着青草与雨水的气味。仔细看向远方，一弯彩虹正向你点头问早，跨过草原连接着天空与大地。远处起起伏伏的山包卧龙般沉睡，坡地偶尔矗立着挺直的白桦林守护着草原，它们郁郁葱葱，银白的树干在阳光下格外夺目。而我的脚下，是一片绵延的草原，没膝深的野草上是滴滴露水，打湿了裤脚，却温暖了我心，荞麦花、莜麦花高傲张扬地开放着，使得草原娇艳欲滴。天上淡淡的云朵悄然飘过，仿佛担心惊扰慢走的群羊。群羊沿着自远方而来的沁凉的远方迈着舞步，小河像一条洁白的哈达，和这里的蒙古牧民一样，迎接着远方的来客。

这样美，美得我都有些局促，仿佛不忍心打扰它们一般。

此时清晨时分，草原上薄雾清笼。牧人自家的炊烟袅袅飘荡，调皮地在原野间涂抹几笔恬散的墨画水晕。不顾驱车的疲惫，我随牧人越过缓坡走上山头，即将到达顶端时，望见一抹阳光沿缓坡舒展开来，好似伸个懒腰。东方天际金黄如金，而西方的天空湛蓝深远。身处其中的锡林郭勒大草原不顾一切地汲取这天地之灵气，既绿意凝重又艳丽飘逸，偶尔看到低洼处，错把浩渺烟云看成一处湖泊，晨雾升腾。

我轻轻念着那首熟悉的诗句：敕勒川，阴山下。天似穹庐，笼盖四野。天苍苍，野茫茫，风吹草低见牛羊。神清气爽，我骑着马将烦恼与压力抛在草原之上，当天亮了大半时，我便追随牧人向草原深处进军。道路绵延起伏，转折迂回，宛如一首悠远的史诗，缠绵悱恻。路边，三两户人家在家园中静默劳作，那栅栏横木，屋舍砖瓦，无不提示我来到了一个童话境地。

旅行多年，我遇到过许多天然湖泊，可是当临遇将军泡子我却也孩子般的欣喜大叫，看着身旁的牧人大叔直打趣我。调皮一笑，我策马前驱到泡子直前，如此开阔的湖泊四面环山，水中丛丛的芦苇错落有致，斑驳陆离。湖面之上，野鸭纵情嬉戏，丝毫不在意我的到来，毛绒绒的它们被湖水清洗得无暇透亮。越过野鸭，一座敖包兀然立于北岸沙坡山，我知道敖包是蒙古民族的精神寄托，但我惊讶在如此广阔的草原上，牧民是如何将一块块石块搬运至此，聚拢为这共同的图腾。敖包意味着共同的神往与向往，共同的聚拢与理想。这里世代传承着古老的马背民族的历史，起起伏伏的片片绿色和澄黄的丘陵在诉说着那悠远凝重的草原文化，透过无际的原野我想象着曾经的元上都和古长城，想象明成祖五次北征的片片足迹。

回头望向深沉的牧人大叔，表情深邃而坚毅，我突然想起曾经一个蒙古朋友的话："我们是一个流浪的民族，游牧在这样广袤的草原上，几十里之外的也是邻居，也是朋友。"

来到锡林郭勒大草原，不在泡子边上住上一晚属实可惜。早就听说泡子的晚霞妩媚动人，尤其傍晚时分，稀稀疏疏的羊群会来到泡子边上饮水栖息。牧归的群羊在牧人的驱赶下，潮动地行走着，腾起一片金黄色的尘雾。这般广阔，有如一部恢弘深远的交响乐，舒展地鸣奏着。广阔的苍穹呈现了久违的醉蓝色，夜幕降临，夜色吞没了群羊与水洼，天空和我如此之近，密密麻麻的星星陪着我围坐在篝火旁聆听那如泣如诉的马头琴和悲壮抑扬的蒙古长调，那番悠扬让人不禁潸然泪下。夜色漆黑，只有近处的几件屋舍泛着黄晕的光亮，温暖安心。

我从没见过如此美的星空，它们不知疲惫地闪烁着，向我诉说来自远方的神曲，宛如一弯曲折而清澈的浅溪。我微微闭上眼睛，侧身躺在柔柔的草地上，看星星的天空，欣赏它们跳动的乐谱，耳畔沙沙的芦苇声好心地催我入眠。群星睡意朦胧，各自揉着惺忪的睡眼，而皎洁的明月却安然地为草原披上一层白玉光泽的保护色。

即使只身在这辽阔的草原，也没有半分孤寂与恐惧。头顶是蓝天与皓月，我静静地立于天地间，享受着这份难得的静谧。脚底的软草安睡着，我分不清如今身在何处，这里是草原？还是银海？我在现实？还是梦中？可惜我带不走星星与青草，它们注定只属于彼此，只属于锡林郭勒。

比起山川长河，抑或繁城盛世，草原总是更易让人心向往之。没有突兀的棱角，没有灯红酒绿，没有熙攘喧闹，草原恬淡而安详。现世中，安逸似乎早已荡然无存，可在草原却俯拾即是。神秘的草原把我当作疲惫的孩子,轻抚我的头发，在梦中我诉说现实的无力，而草原就像母亲一般包容我的无奈,给我抚慰。我好像听见一首孤勇的牧歌,魂牵梦绕;在梦中，草原母亲告诉我：其实每个人的心中都有一片草原，只是打拼的疲惫使人们早已荒废了这块“心灵草原”。

雪山下的世界

Xue Shan Xia De Shi Jie

曾经在后海的酒吧中听过一首老歌，不惑之年的歌者唱到："去过的地方都忘记了，只有拉萨忘不了。"如果一生只能去一个地方，我想很多朝圣者会毫不犹豫地将"西藏"脱口而出。

西藏，那是一个怎样的世界，令如此多的人心神向往？来到这里的人无一不匍匐前行，在昭示神明的殿堂和迎风而立的雪莲前虔诚地朝拜这片圣洁之地以及自己的今生来世。梦境中的西藏，属于身处遥远天空的另一片国度，那里风腾万里，鹰击长空，是跋涉者的天堂，安顿远行人的心灵。

我想象在没有尽头的路上，自己在脊梁上背负忏悔，一路亲吻泥土，一路聆听朝圣的歌声；我想象白天的阳光指引我道路，夜晚的酥油灯为我照明；我想象纳木错的圣水、抬头便可以亲吻的蓝天，还有伸手即是的空灵。在无数次地遥想那片圣地后，我终于踏上了前往西藏的火车，独自一人前往天堂。

火车在清晨缓缓驶入拉萨，这里没有晨练散步的老人，只有几个老人在朝暮中摇着手中的转经筒，转经筒上刻着简单的六字真言，或许真理永远存于简单之中。转经筒在老人的手中旋转，那最单一的动作中却凝聚最虔诚的寄托。还有些许人在晨光中面朝布达拉宫跪磕长头，我静望着他们的着装，都是风尘仆仆从远方赶来朝圣的藏人。布达拉宫慢慢在醒来，晨曦中的布达拉广场格外静谧。

独自一人站在布达拉宫前的广场仰视这座依山而建的寺庙。布达拉宫的金顶与红墙与身后的蓝天白云交汇，构成了一幅巨大的图景，正是这幅图景构成了拉萨乃至西藏的封面。完美体现佛教精神的布达拉宫的殿宇层叠,雕梁画栋，巍峨庄严。不知是凑巧还是得到了上天的眷恋与垂青，我有幸看到了一次庄严而盛大的仪式，极大地震撼着我的心灵。我感受到了宗教的力量，那不仅仅是缭绕的香火，辉煌的庙宇和低吟着悠悠经语的念经人。当面对生活的急湍与搁浅，当遭遇绝境的接踵与打击，它带给我们的是精神上的希翼与慰藉。

“纳木错”是每一个跋涉者行走西藏的必经之地。纳木错，藏语意为天湖。翻山越岭几个小时后，我终于来到这海拔4718米的高山圣湖，湖边一群牦牛低头吃着草，喝着圣湖的水。圣湖清澈见底,被白雪覆盖的念青唐古拉山就在它的南面。纳木错的夕阳,是可以直视的温柔,它时而如恋人目光般炽热，时而又带有离愁别绪的流连忘返。晚霞将念青唐古拉山脉染成一片连绵升腾的火焰，而近处波光如镜的纳木错反射着荒凉的际野，只有徐徐清漪，荡漾着浩瀚的远天。

暮色苍茫，水山相连，我静静伫立在湖边，看低压蓝天的彩云包裹圣湖，看清澈的湖水无声拍岸，看圣山圣水执手相依，流转千年，它们依然如一对恋人般遥想伫立，只留下西下的夕阳愈行愈远。如此之势，倚在念青唐古拉山的臂弯中，我的内心一片安宁，没有半点胸闷气慌，或许是神的眷顾吧。这里没有喧闹的街市，没有浓烟滚滚，没有忙忙碌碌却又碌碌无为的烦人。我终于理解了为什么人们说这里是离天堂最近的人间，离人间最近的天堂，也理解了为何许多前来朝圣的旅人会选择这里驻地一生，他们许是找到了灵魂的归一。

身处这片雪山下的世界，我最感念的便是好似另一片天国的蓝天，蓝得那么纯粹，那么圣洁。天上形状各异的云垂挂在离我很近的地方，触手可及。它们千变万化，时而如走散天际的羊群，时而又像堆积的棉絮，时而只一片白云被天空包裹与保护。它是那样的高傲与孤冷，不掺杂一丝杂质。这里的蓝天独有，就好像这样一个国度与天堂独有。蓝天之下，是金光闪闪的金顶，看到金顶，我猜想那是前世今生的梦幻，一些虔诚的信徒手捧酥油碗，一步步走下金顶下的寺院为其添油，神情肃穆庄严。我不禁感叹这样高贵的土地，这样高贵的蓝天，这样高贵的信徒……来到西藏，感念盛情的主人所赠送的洁白的哈达与甜甜的青稞酒，或许这洁白的哈达便是湛蓝天空剪下的一缕白云，献给众人。

雪山下，这片世界经过千百年风雨沧桑。来到这里，我才体会曾经的那份不知所措与茫然行走原来是没有精神指引，因为并不是所有人都有着与生俱来的坚强。行走多年，我也终于悟出，曾经自己试图安顿我身的想法有多么稚嫩，因为生活并不是安顿我身，而是懂得如何安顿我心。在这样朝圣的世界中，在天空与大地之间，蝇头小利如此微不足道。

短短的西藏之行在我的心中继续燃烧，我忘不掉圣水圣山，忘不掉漫步其间而流连忘返的人文景观，忘不掉喜马拉雅寂静的山川与沟壑，忘不掉穿行于云泉瀑布的沁涤，忘不掉曾在纳木错与念青唐古拉山的悠然小憩……然而我更忘不掉的它带给我的宁静致远，它替我找到心灵的归宿，它告诉我疲惫之中不能忘记生活与生命的意义，不要忘记他人，不要忘记自己。我深知对于这片神圣的热土，我只是一个过客，可是于我而言，它的山水圣洁，我将铭记永远。

西藏，雪山下的你如此深邃。

Part 7

浪迹天涯

乘坐一回末班车

Cheng Zuo Yi Hui Mo Ban Che

雾气萦绕，车站灯火荧荧。不知为何，我并不害怕，于清浅的夜雨中行走。一缕凉风轻拂的萧萧发梢，柔软如絮羽，我微微感动，只一滴沁凉溅落于心。黑夜蛊惑人心，使人分不清哪一辆才是自己等待的，直到车缓缓走近我的视线，我才微微松一口气，朝刚好驶来的末班车挥挥手。待我坐好，老师傅才缓缓发动班车。

孤独的末班车褪去白日的人烟，一路继续颠簸前行。玻璃窗阻隔了静寂的暗夜，载着我从城市的一角驶向另一个方向，梦在两点之间延展，形成一条若隐若现的银海。没有了人流熙攘，没有了街市喧嚣，连街边那早出晚归卖豆腐干的阿婆也已进入梦乡，只有城市中恣意的晚风吹起一首首悠然的夜歌。

若不是那隆隆的声音，我几乎感觉不到班车前行。穿梭于城市之中，它不似白日的熟悉，待车行至繁华之处，些许漫步的人影。黑色遮蔽了它的轮廓与色彩，我早已分辨不出身在何处，既然目的地是终点，干脆任由它行驶。也许陌生的乐趣就在于因为不知，所以感动。

那些与我同在的乘客宛如一位位悲情而忧伤的诗人，沉默无言，或低着头，或仰着脸；或倚窗沉思，或闭目养神。陌生的乘客，陌生的黑夜，陌生的城市，甚至陌生的自己，在这一刻我突然格外温暖。卸下白日的笑脸与马不停蹄的忙碌，回归到最真实的自己。在这里，没有人打扰你，责备你，却又默契地与你相遇，与你相依，陪伴前行。

班车的突然停车打断了我的沉思，但我丝毫没有一丝不畅。我微微侧头，看向车门。一个清瘦的少年与羞涩的女孩轻缓上车，看他们的风尘仆仆，或许刚从郊外野游回来。男孩将行囊放好，无意识地将女孩挽入怀中，宠溺地拍拍头，或许是旅途疲劳，女孩旋即安然入睡。沉睡的女孩常常从男孩的肩膀滑落。男孩一次又一次轻轻地将女孩子的头扶在肩上。在这样的末班车上，我的内心一阵潮湿，或许世界上最易打动人的往往就是这些小小的细节与幸福吧。我环顾周遭的乘客，都和我一样，在那一刻望着出神，满眼温存。

抽回身，偶然间与一辆满载着乘客的长途客车相遇，看着陌生而模糊的面庞从身边疾驰而过，我想象满满的温情与期盼驶向那等候已久的团聚。

曾经年少，我也幻想某一个夜晚背起行囊，在黑暗中穿行。想象自己追随切·格瓦拉与艾伯托一路冒险，没有方向。大大的旅行包中只放一本凯鲁雅克的《在路上》，那是关于青春的不甘与幻想；在不夜的城中，与不眠之人隐忍前行，那是关于年少的骚动与张扬。想到这里，我不禁莞尔一笑，或许自己不太安分的情愫依然在骨子里流淌，不然为何固执地呆在办公室而与这末班车不期而遇。

曾经在周国平的书中看到这样一句话：孤独是人的宿命，爱和友谊不能把它根除，但可以将它抚慰。在如此的黑夜中，音乐总是容易偷走人们的灵魂，因为它是抚慰人心最好的良药。班车司机调大了音乐电台，熟悉的《Yesterday Once More》响彻小小的车厢。音乐的温润使末班车的人们惺惺惜惺惺，时而彼此微笑，时而陷入沉思，是想念梦中舞动的故土，想念昔日懵懂的初恋，还是想念恣意单纯而又无知青涩的童年……我不知，将头微微侧向车窗。我闭上眼睛，任徐徐的音乐之风波动我柔软的心底，淡淡忧伤的旋律，好似时间的小溪，在我的血液中汩汩流淌。

一站比一站人少，那个清瘦的少年也在不多时携着女孩匆匆下车。即使仅仅是过客，我也依然有些不舍。他们好比人生旅途的匆匆过客，与你并无瓜葛，却总为你带来温暖与慰藉。

想象那些错过末班车的人们，在寂寥的大街上一路狂奔，也只能望着它绝尘而去。只能怪自己天真地以为末班车可以永远为自己驻留与守候，怪自己耗尽了时间的耐性。在微弱的路灯下，他们只能孤独前行，最后拦下出租车，懊恼的他们无意留意外面的风景，恍恍惚惚地踏上归途。这样的人错过的不仅仅是末班车，更是一路的风景，一路的安心与惺惺相惜，一路的感动与追逐。我不禁感谢这末班车，也感谢自己。

将自己的双手十指交叉，问问自己，这一路走来，究竟错过了人生多少辆末班车？或许，有些人、有些心情一旦错过，真的就永远消失了。那个曾经深爱过自己的男人，总以为他可以一等再等，非你不可，可是当你耗尽了全部心血寻找所谓的幸福时，才发现自己的幸福一直没有离开，就在你的身边。可惜的是，当你耗尽心力的时候，他也已经耗尽了心血而消失不见。错过的幸福无法追索，徒留遗憾，徒增感伤，怪自己太不懂得珍惜与把握，错过了人生本该最绚烂的风景。

夜色阑珊，老师傅放低音乐，我知道这次班车即将到站，于是将自己拉出沉思的世界。关闭引擎，我听见班车缓缓停止，一切归于平静。回家之前，我感激地回望与我流浪的末班车与月夜，感谢它的静候与等待，感谢它的理解与陪伴。

它让我懂得有些事情错过不得，好比如一辆回家的车，还有一个爱你的人……

背上帐篷，露营去

Bei Shang Zhang Peng, Lu Ying Qu

秒针拨动着粒粒星辰，滴滴答答。

自天幕垂直落下的小雨，淅淅沙沙。

我在我的房间中流浪，我想象书桌上的层层书卷就是那小山坡，书卷旁的一杯清水便是一弯清泉，而我在飞舞着白鸽的蓝天下，做醉梦中的流浪汉。闭上眼睛，抚摸地图的棱角，我想象月光定格的那里，将来便是我流浪的方向。我在我的房间中一边横冲直撞，一边哼着小调。正当这时，朋友的电话从城市的另一角飘来，只一句话便让我兴奋地失眠了。朋友说：“走，明天露营去。”

就这样，在家中流浪的次日，我便一个背包，一顶帐篷，一骑单车，行在路上。曾经无数次想过这般流浪，朝饮木兰之坠露，夕餐秋菊之落英。一处处的风景，更替出现，我和朋友仰望着晴空，叶缝间稀稀疏疏的空白，在眼里忽明忽暗。我以为这样的路途会孤独，却不想内心竟是这般明朗和强大。

沿着太阳的方向，骑着单车，一路向东。悠悠麦芒，我几乎被淹没在原野之中。我沿着没有方向的方向，望着没有尽头的尽头，像流浪的蒲公英，轻舞飞扬。遥想大学时候，总是和同班同学一起骑车郊游，那个时候的我们张扬而青春昂扬，不懂得悲伤，也不会悲伤。大家一路欢声笑语，以为这就是流浪。想到这里，我轻轻一笑，那样的纯真年代终究过去，如今社会的洗礼却常常让我摇摇晃晃。可现在，我决定忘却忧愁，与它在空中彻底告别。

行至大路的拐角，传来流浪歌者的声音，他孤独地站立着，旁边的萨摩耶是他唯一的听众。一边流浪，一边歌声。歌声好像自天堂发出，却又唱出了心底之魂，我静静地在一旁许久，与友人相视凝望，流浪的声音深深地打动了我们。流浪者的面庞坚定而无可取代，我曾经也幻想过有一天如他一般，一把吉他便可以走进天堂。

终于，我们再次上路了。毕竟我们有着不同的目的地，彼此驻留，谁都去不了谁的目的地。我渐行渐远，歌声就愈来愈亮，“我的眼前一无所有，我的眼前无所不有。”这样的歌词使我不禁潸然泪下，在这样的旅途中，它给我力量，也给我希望。有人说，世界的美好并不来于人与人的关系，而是对自由无尽的求索。曾经我以为它只是出于厌倦世俗与束缚的不羁少年之口。时至今天我才明白对流浪与自由的追逐，并不意味着逃离现世，相反它唤醒了我对生命的热爱。

选了一块平地搭起帐篷，山林湿气很重，即使是夏夜，也有些微凉。朋友熟练地搭起篝火，从布袋里掏出最简单的食物：白水，面包，水果与香肠。就好像我们少年郊游，没有如今各色美食，却总能在无忧无虑地嬉戏打闹，大口嚼着妈妈塞着书包里的小面包。傍晚沁凉如水，一天的单车旅程丝毫没有让我们疲惫，和好友聊起多年的往事着实是人生一大乐事，少年琐事，甚至还聊起同样暗恋的男生，尤其在这样美的夜，人或许格外容易敞开内心层层叠叠的那扇门吧。

当夜的尾翼席卷了大地，野外草地陆陆续续支起帐篷，我感念周遭陌生的朋友，即使周围孩童的喧闹声，也在我心田化作曼妙的音乐。相遇该需要怎样的缘分，我把塞满口袋的糖果分给快乐的小孩，小孩为了感谢我特地唱了首歌，这样的温馨才是无价之宝。随着夜的沉睡，周遭也安静下来，我摊开《麦田里的守望者》，而此时朋友早已在一旁安然入睡，偶尔喃喃自语。只有潺潺的流水追随着我，追随着读书声的节奏，追随着我渐行渐远的思绪。

为自己的帐篷开启一扇小窗，眼望一泓星光，不再是万家灯火，却远比万家灯火清澈明亮。夜莺啼鸣，唱着那略带忧伤的曲子，它在想念它的家乡还是在呼唤它的恋人。我躺在大地之上，从大地上汲取养料，我问自己有多久没有离大地如此之近了，梦里的童年我总是躺在草地上一边看星云荡漾，一边听外公关于远方的童话故事，听着听着，便在草地里酣然四起。如此的温情暖暖，时隔多年，我依然念念不忘。望向静夜星空，我知道外公就是那繁星一颗，在黑夜里照亮我，守护我。

一骑单车，一顶帐篷，既不昂贵，更谈不上奢侈，可是却给我们带来无限的温暖。在都市，我们仅仅是一粒浮尘，无居无所。可是在这里我们是孩子，是备受保护和宠溺的孩子。大地是母亲，让咚咚的流水哄我们入睡，她给我最宽实的肩膀，在柔软的胸怀。

这样一顶小小的帐篷，安置着我的心灵。帐篷虽小，却让我找到了失去已久的归宿感与归属感。不知不觉中我悄然入梦，梦载着我飞跃重洋，回到家乡，我看到了儿时外婆家门外那棵梧桐树，看到了天上飘下的梧桐雨。

一骑单车，一顶帐篷，与忧愁无关，与流浪有染。幸福原来就在脚下，就在前方。

追风筝的人

Zhui Feng Zheng De Ren

每当看到三两孩童交由父亲的手放风筝时，我的心底便一阵温热。儿时顽皮，我总是喜欢踩在沙滩上放风筝，一脚一脚地在沙滩上踩下烙印，再回头时，再深的脚印也被潮声与潮浪抚平。放着放着，便坐在沙滩上，看着风筝飘落进大海之中，仿佛一叶扁舟游进海底深处。我的眼睛追随着风筝，直到它消失殆尽。父亲看到我飘远的风筝，害怕我像丢失怀里的布娃娃一样放声大哭，于是将我揽入怀中。可我并不因失落而哭泣，我轻轻地凑在父亲的耳朵边告诉父亲，风筝飘累了，风筝回家了。

风筝记忆就在这一刻打入永恒……

工作之后，失去了放风筝的时间，也失去了放风筝的乐趣。初秋来临，湛蓝的天空让我的心也随之蠢蠢欲动，于是散下及腰的长发，换上布鞋和宽松民族连身裙，我出发了。

对天空自小便情有独钟，呆呆地仰望天空，宁静而深邃，飘逸，抒情。间或一朵浮云自远而来，翩然起舞。秋季的天空蓝得彻底，不扎眼的色调一望无际，湛蓝的天空总是让人的心情温存而平和，它像一位即使多年不见也永远不会陌生的知己，在你无处倾诉时，只是静静地与它对视，你的烦闷它便一并全收，平静而包容。站在这样的蓝天底下，我也不禁被融化了，心中静而空，纯净而透明。或许，每个人都会对天空有着一种别样的情致。不然刘禹锡为何在仰望蓝天之后便诗兴大发,悠悠念到“晴空一鹤排云上,便引诗情到碧霄”,并将之刻在诗笺之上怀挂心中。我曾一直羡慕飞鸟，可以在一眼望不到尽头的世界里恣意奔腾，而自己却只能在大地上遥远地凝视天空。

幸好，我有风筝。一根细细的线，将我的风筝一直送到云端，送到天空的脚下，送到茫茫的云海之上。心中的梦想与自由沿着线越爬越高，一直攀到了风筝之上，风筝载着我对蓝天的渴望，载着我的梦想与自由，一路飞翔。我握紧手中的线，轻声念到：“飞吧，飞吧。”风筝飞远了，我的心仿佛也飞走一般，在蓝天下与飞鸟一路前行。

人们常常拽着风筝的线,带着风筝奔跑。放风筝放得久了,我惊喜地发现风筝亦有它的灵性，它的想去之处。放飞我的风筝，我便顺着风的方向，顺着风筝的去向，做一个追风筝的人。我心中终于出现一个信念，风筝就是我的灵魂，蓝天之下，它再也没有了牵绊，没有了世俗的蜚语，它比我清醒，它在飞向梦想与天堂。我一路跟随，一路奔跑，越跑越清朗，越跑越有力量。我追着风筝，就好像在追着梦想，这一刻，没有人打扰我，没有人牵绊我，风筝承载着我的灵魂，又被我赋予灵气，它在风中越飞越高。我这时才发现自己其实也早已飞上蓝天，在蓝天的怀抱中酣睡休息。

就这样,风筝成为了我最心底的朋友。而这一次的放风筝,风筝又会载着我飞到哪里呢？深秋的仰望并不会灼烧双眼，反而会给人以温暖的热度。我在草地上奔跑，轻松地将我的老朋友送上天空，旁边的小朋友羡慕地说："大姐姐，你放得风筝真好，又远又高，能教教我吗？"我莞尔一笑，认真并煞有介事地教起了小男孩，就好像当初我交由父亲般，引领我奔跑。

我的心追随着风筝一路至上，我仿佛看到了一片世外桃源，曲径通幽处，拈花草木深。那里没有硝烟与贫瘠，不分贵贱，莺飞草长；那里文人赏花吟词，墨客抚琴赋诗。飞过世外桃源，我穿过故园，真不敢相信，我竟飞回了故乡，我看到了奶奶在树下纳鞋底，看到父亲在月下拉二胡，看到母亲领着我的小手送我上学……原来每个人都如此一般，对于童年的记忆永远埋在心底最独一的一隅，本以为忘记，却越来越鲜活。越过故园，我继续飞行，那是一片深邃的海洋，上面漂浮着一个个曾经我遗失的风筝，它们像一叶扁舟，在海中激流勇进，与大海搏斗。我的梦想原来如此一般，即使渺小如扁舟，也要执拗地前行，追逐下一站的风景，寻找最安宁的口岸。

"小心！"正当我的思想飞远之际，身旁的小男孩叫了我一声。我回过神来，发现自己的风筝险些与旁边的"小燕子"缠绕一起。小男孩笑弯了腰，骄傲地说："刚刚可是我救了你的风筝啊，大姐姐。"我打量着小男孩，灵动的眼睛在太阳下闪闪发光，可爱极了。

我的风筝终于还是飞走了，是线断了，还是风筝想逃离了，我不得而知。我只是默默地祝福它，希望它找回到心中的故园，载着我的梦想与希望奔向蓝天，背向自由。风筝与风，本该是一对；天空本该是它的居所，我又怎能将它占为己有，怎能不祝福它。

想起父亲曾说过的一句话，“风筝该时常放一放，否则会发霉的”。是的，梦想也要时常放一放，否则梦想的大门最终会将我拒之门外；心情也要时常放一放，否则疲惫的灵魂会沾染尘埃，再也经不住生活风霜的吹打。我想，风筝该是感谢我的，我赠给它天下最好的礼物，是整片蓝天；而我又何尝不感激它，没有它，我如何在蓝天之下放肆地奔跑，放肆地追逐梦想；如何寻找过去，如何寻找希望。

改签的火车票

Gai Qian De Huo Che Piao

或许是因为太过繁忙的工作长时间压在肩头，让我一时喘不过气，当收到闺蜜的喜帖，我格外欣喜。那个当年和我一起疯癫的野丫头竟在千里之外的另一座城市即将踏入殿堂。或许是因为太过想念，或许是因为太想逃离这座行色匆匆的城市，简单收拾过后，我便向公司请了年假，早早上了路。

将手机关机，我坐在窗边与火车疾驰在路上。我并不喜欢坐飞机，纵然它能带我一路冲上云端，滑过云霄。我依然贪恋火车，贪恋它的行车缓缓，边走边停，不知疲惫。看着眼前的风景一一倒退，它们渐渐地模糊我的视线。它们一路倒退，我看到了学校图书馆青砖红瓦的老房子;它们一路倒退，我看到儿时刚会走路的我摇摇晃晃，跌跌撞撞。于是，一副耳塞，一本游记，我在火车上不分昼夜地前行，我甚至忘记了时间，忘记了周遭世界，仿佛火车就是一段重新开始的旅途，不需你晓以区分，你只需轻轻闭上双眼，便可安心地让它载你到路的尽头。

火车一站一站地停下来，又继续行驶在征途上。夜色降临，车厢的行人都已熟睡，偶尔听见人们喃喃呓语，或是鼾声四起。一些旅人匆匆离去，又一些旅人匆匆而来。人们在各自的旅程中行走，偶然彼此相遇，却又终将成为过客。在火车上，大家称兄道弟，聊得不亦乐乎，第二天却又各奔前程，挥手告别。这是一种神奇的相遇，神奇的告别。而我喜欢在火车上听别人讲些不着边际的故事，偶尔一笑，多半不语。

这是一列绿皮老车，小站格外多，这样的走走停停并未让我烦闷，这么多年，我早已经学会了随遇而安。如常的，小车再次停下。我看了看表，凌晨四点。车门被打开，微微的凉风夹杂着沁鼻的味道抚摸我的发丝，不知为何，这样的月台似乎在梦中出现过。破败的小城下，那一点微弱的灯火，一缕沁香的气息，还有那形单影只的站长就在这凌晨四点时分打动了我。只思考了几秒，还没来得及和身边的旅人告别，便迅速拎起背包，在这样一座陌生的小城下了车，而此时的我连它的名字都没有知晓。

一列熟悉的列车、一段既知的旅行最后却将我送入这样一座陌生的小城。凌晨四点时分，我与这座小城相交会。月台在清冽的风中格外单薄，因为年久失修，这里早已失去了颜色，远处三三两两的灯火在漆黑的夜中格外温暖，太阳在做最后的美梦而悄无声息。回望了渐行渐远的那列火车，我轻轻地挥了挥手，便随些许人流走出站台，他们拖着疲惫的身躯默默行走。在这样的小站下车，都是些归家的旅人吧，只有我，本该还在火车上沉睡不醒，却转眼成为了这座小城的一名过客。

走出月台，小城的全貌渐渐在我的眼前浮现。路边的小吃摊在紧张地忙碌着，迎接他们的将是整个早晨的繁忙，即便如此，慈祥的阿姨依旧热情地招呼我，看我并不是本地人，她也讲起了蹩脚的普通话。一碗热粥，一个茶鸡蛋，一个蛋饼……这是小城给我的最初的全部印象，温暖而富足。繁忙的工作使我常常忘记吃早餐，往往只一个三明治便打发了饥饿，却从未想到吃到如此朴实的早餐竟会这般幸福。人往往很奇怪，不会因鲜美鱼肉感念万分，却只对寒冷之际的热粥念念不忘。我开始感谢我如此冲动的决定,如果不是这次改签，我可能永远不能与这样的美好相遇，也永远体会不到这样朴实的风情小城。

一夜的休整，我推开了青旅的客栈门窗。安静的小城在无声无息地生活，人们与小城一起日出而作，日落而息。这座早已被地图遗忘的小城正在向我微笑，在向我道一声早安。小河沿城而过，或许它们只是这里的过客，和我一样，在小城中一穿而过。我轻踏出门，踩在石板路上，这里的路多半如此，缝隙之间长满青苔。我帮着两个老人家挑了几担水，却不想竟打开了老人的话匣，老人向我讲述这里的传说，她那深邃的皱纹沟壑在岁月的脸上，我望着老人望向的方向，却望不到老人眼中的沧桑。

一天的时间，我多半在行走，写作，和与老人家聊天中度过。一天即将度过，而我又将重新踏上开往终点的火车。同样是凌晨四点，而我却是离开。上车前，我再一次最后回望这座小城，我感念它，在我的生命中留下一影，仅仅一天，却好似多年。我想将这里作为我人生的秘密，一段艳遇，埋藏心底。而那些与老人，与小城的合影不仅收藏在相机中，也收藏在我的心里，化作永恒的记忆。

人生的旅途本该如此，给自己一个未知，为自己留一个悬念，这样的人生才有设想，有惊喜，有感发。为了既定的目标一路向前是好，可是因为太执著却忽视沿途的风景却大为可惜。因为生命中的美好并不一定只在目标中探寻到，它们或许隐藏在道路上的一角。停下来，拨开荆棘，它们会因感念你们的相遇，将其一切的美奉献给你。

改签火车票，让你的人生多一个弯，多一道圆，多一处风景，多一份相遇的幸福。

01

02

03

04

05

06

07

08

09

10

11

12

在空闲的时候为自己进行一次大变装，可以尝试不同的造型，体验另一种心情，或许你还会找到另一种风格的自己。同时，让为服饰设计出相应的发型，定会不同凡响。

01

02

03

变装时，可以发挥自己的想象力，但不要随意改变，否则难看的造型也会影响自己的心情。

04

05

06

07

08

09

10

11

12

Date | | |

紧急 重要「上午解决」

紧急 不重要「当天解决」

重要 不紧急「当天安排」

不紧急 不重要「另天安排」

漂流的最佳时节是4到8月，分为景点式漂流和探险式漂流两种，第一次尝试者建议选安全系数更高的景点漂流。

Date | | |

Important and Urgent Things(Solved in Morning)

Urgent but Unimportant Things(Solved in One Work Day)

Important but Not Urgent Things(Arranged in One Work Day)

Unimportant and Not Urgent Things(Arranged at Another Day)

出发时，建议携带一套干净的衣服，以备下船时更换。漂流时建议换上泳衣。在天气气温不高的情况下参加漂流，可在漂流出发地购买雨衣。

Date | | |

紧急 重要「上午解决」

紧急 不重要「当天解决」

漂流的最佳时节是4到8月，分为景点式漂流和探险式漂流两种，第一次尝试者建议选安全系数更高的景点漂流。

重要 不紧急「当天安排」

不紧急 不重要「另天安排」

Date | | |

Important and Urgent Things(Solved in Morning)

Urgent but Unimportant Things(Solved in One Work Day)

Important but Not Urgent Things(Arranged in One Work Day)

Unimportant and Not Urgent Things(Arranged at Another Day)

出发时，建议携带一套干净的衣服，以备下船时更换。漂流时建议换上泳衣。在天气气温不高的情况下参加漂流，可在漂流出发地购买雨衣。

Date | | |

按向导的要求认真阅读漂流须知，漂流有风险，考虑好是否购买保险，按要求穿戴救生衣，若遇翻船，尽量不要慌张。

Date / / /

Date | | |

Date | | |

随着季节的变化，喝茶的种类也可以相应做些调整。例如，春季适宜喝花茶，它可以驱散体内的寒气；夏季适宜喝绿茶，绿茶苦寒，能清热解毒，促进消化；而秋季喝青茶是个不错的选择，它不热不寒，良，使人怡清气爽；冬季适宜喝红茶，味甘性温，同时含有丰富的蛋白质，可以由内而外的滋养。

Date | |

并非无禁忌，并不是所有人、所有的时候都适宜喝茶。例如孕妇、发烧的人均不适宜喝茶，有很多人
喝茶可以解酒，其实不然，因为醉酒后喝浓茶会加重心脏的负担，对肾脏也有较大的刺激性和危害性。
，茶水服药亦着实不可，茶会与药物相溶，而影响药效。

01

02

03

04

05

在把打好的蛋清和蛋糊混合时，切记不能很快很用力地搅拌，不然空气跑没了，蛋糕发不起来，可以轻轻上下翻搅。

06

07

08

09

10

11

12

01

02

03

04

05

06

07

08

09

10

化装舞会就是要引人注目，不可以像平时一样含蓄低调，可以尽量夸张，随意cosplay。躲在面具背后，你也许会享受另一个视角的观感，说不定还能挖掘出自己身上不曾留意的幽默细胞呢。

11

12

Date | | |

紧急 重要「上午解决」

紧急 不重要「当天解决」

刘若英的第一本书，书名就叫做《一个人的KTV》。她在书中同名散文里写道，不是没有朋友，只是彼此之间总存在时间差，久而久之就习惯一个人了。"有歌唱还是好的，即便是自己唱给自己听。"郁闷累积太多会憋坏的，需要发泄，不妨到KTV，自己唱歌给自己听。

KTV一边都是按人头收费，上班时间总是最便宜的。上班族若想省钱唱K，不妨选择周末的下午去，会比晚上的黄金时间便宜许多。

重要 不紧急「当天安排」

不紧急 不重要「另天安排」

Date | | |

Important and Urgent Things(Solved in Morning)

Urgent but Unimportant Things(Solved in One Work Day)

男士总免不了一点虚荣心的，希望自己的女朋友漂漂亮亮，好向兄弟哥们炫耀。女为悦己者容，不妨在约会时满足他们的这一心理吧。

Important but Not Urgent Things(Arranged in One Work Day)

Unimportant and Not Urgent Things(Arranged at Another Da

Date | | |

紧急 重要「上午解决」

紧急 不重要「当天解决」

重要 不紧急「当天安排」

不紧急 不重要「另天安排」

约会时的妆容一定要依场合而定，如果是在室内不妨浅淡一点，这样看上去人更清爽自然。当然酒会甚至酒吧中，妆容就要适当浓艳一点，以配合热烈的气氛。

Date | | |

Important and Urgent Things(Solved in Morning)

Urgent but Unimportant Things(Solved in One Work Day)

Important but Not Urgent Things(Arranged in One Work Day)

Unimportant and Not Urgent Things(Arranged at Another Da

手中的提包也是很重要的装饰，一定要选择和你当天化妆和衣着搭配和谐的包，这样才能相得益彰，更体现出你的品位高雅。

Date

Date / /

Date

摆摊可去各大高校，高校里周末一般会有卖旧书的跳蚤市场，可以申请摊位。这样既不显得突兀，也不会有城管驱赶的烦恼，更能碰上更多有品位识货的人。

Date | | |

卖的东西价格不要一开始就定在你的心理底线上，去地摊上买东西的人都会有讲价的心理期待，而摆

乐趣其实也在这讨价还价之中。

Date | |

在为生活的琐事纠结？还在为工作的日复一日按部就班而感到疲倦？不妨关掉一切联系工具，为自己的生活开一天天窗，去做一些平时没有时间做的事，不招呼任何人，也不让任何人打扰你，哪怕只是发发呆，光也可以治愈创伤。

01

02

03 工作忙碌，安排不出整块的时间去旅游休假，不妨抽个周末，邀约三五好友到城郊的农家乐小住，吃农家饭，住农家房，用大自然的风光洗涤身心，还可以带回不少纯天然无农药的蔬果，一举多得。

04

05

06

07

08

09

10

11

12

01

07

02

08

03

09

04

10

05

11

06

12

Date | | |

紧急 重要「上午解决」

紧急 不重要「当天解决」

重要 不紧急「当天安排」

不紧急 不重要「另天安排」

天下名山僧占多，去禅寺生活一段时间，不仅仅可以接近佛陀、净化心灵，也可以在绿色生态的寺庙环境中调整作息、亲近自然，吃素调理脾胃，上早晚课锻炼耐心，有百利而无一害。

Date | | |

Important and Urgent Things(Solved in Morning)

Urgent but Unimportant Things(Solved in One Work Day)

瑜伽的种类很多，练习者可以根据自己的情况进行挑选。不是只有身体柔软者才能练习瑜伽，练习瑜伽反而能让你变得身体柔软。

Important but Not Urgent Things(Arranged in One Work Day)

Unimportant and Not Urgent Things(Arranged at Another Day)

Date | | |

紧急 重要「上午解决」

紧急 不重要「当天解决」

电影院不一定要和朋友看，有时一个人的电影更让人安心，会有意想不到的惬意与心情。

重要 不紧急「当天安排」

不紧急 不重要「另天安排」

Date | | |

Important and Urgent Things(Solved in Morning)

Urgent but Unimportant Things(Solved in One Work Day)

在最喜欢的季节，在最美好的天气返回校园。褪去职业装，卸下精致妆颜，一身学生打扮，给自己最好的心情。

Important but Not Urgent Things(Arranged in One Work Day)

Unimportant and Not Urgent Things(Arranged at Another Day)

Date | | |

看电影可以选择夜场，人少的放映厅更显安静，很多电影院对于夜场的电影选择也格外用心，一般是抒情安静的文艺片居多。同时，夜场也常常有套餐或优惠活动，有时一个晚上便能饱尝近一段时间的经典影片，定会让你大饱眼福。

Date / / /

Date | | |

在练习瑜伽时不要盲目追求动作的高难度，循序渐进，以身体承受范围为极限。高难度的动作往往需要长时间的伸展，或者支撑，对于刚开始练习的，肌肉力量、柔韧性都不够的人来说，容易导致肌腱受伤。

Date | | |

与学生时代最喜欢的老师聊聊天，聊聊过去往事，你会发现眼前这个老人依然谈笑风生，依然记得那些最为细小的趣事，时间可以抹去人的青春，却抹不去人的记忆。在彼此中寻找一份美好，一份感动。

Date | | |

天中，有两段时间最适合晒太阳。第一段时间是上午6点到10点，红外线占上峰，紫外线偏低，阳光使人到温暖柔和；第二段时间是下午4点到5点，正值紫外线中的a光束占上风，有利于增强体质，促进骨骼常钙化。

01

技术的发达，我们常常将照片放在电脑中，但以防万一，我们可以将它们刻成光盘，不仅不占空间，而且还利于保护。

02

03

04

05

06

07

08

09

10

11

12

01

07

02

08

03

09

04

10

05

对于旧时没有底的照片，更要精心保护，最好的方法就是将它们塑封，否则时间一长，很容易坏掉

11

06

12

Date | | |

紧急 重要「上午解决」

紧急 不重要「当天解决」

重要 不紧急「当天安排」

不紧急 不重要「另天安排」

给老朋友一个惊喜，可以带份小礼物。这份礼物不必贵重，但一定是承载着你们共同的回忆的，而这回忆只属于你们两个人，也只有你们两个人可以感念。

Date | | |

Important and Urgent Things(Solved in Morning)

Urgent but Unimportant Things(Solved in One Work Day)

惊喜是不错，但是要选好时间，
否则也许会造成两个人不必要的
尴尬哦。

Important but Not Urgent Things(Arranged in One Work Day)

Unimportant and Not Urgent Things(Arranged at Another Day)

Date | | |

紧急 重要「上午解决」

紧急 不重要「当天解决」

重要 不紧急「当天安排」

不紧急 不重要「另天安排」

微博是很私人化的，它不会像MSN和QQ那样有语言围观和公众舆论。所以，微博可以记录最真实的自己，而这种真实才是最可贵的。

Date | | |

Important and Urgent Things(Solved in Morning)

Urgent but Unimportant Things(Solved in One Work Day)

晒太阳的时间并不是越长越好，
以一天不超过2小时为宜。

Important but Not Urgent Things(Arranged in One Work Day)

Unimportant and Not Urgent Things(Arranged at Another Da

Date | | |

奖赏自己，并不一定是在成功之后，更应该在自己失败之时，给自己一份鼓励，告诉内心要做最好的自己，很有可能在这一刻你的潜力便不知不觉与你浑然一体了。

Date / /

Date | | |

这份礼物不要太贵，不能超过自己的承受范围。礼物只是一种方式，如果太过在意，追求无法承担的物质享受，那么你的心情或许会变得更糟糕。

Date | | |

Date | | |

逢细雨，不妨收起雨伞，让自己浸在微雨之中。雨中的气味总让人流连忘返，泥土混着花香在雨水中

外沁凉，不再尘土飞扬，天清地静。

01

02

03

04

05

06

07

08

09

10

11

雨中赏花别有一番情趣，尤其是那花开的时节，这份美妙他人无法言说，静静地留意花开的过程，也是在感受自身生命的成长。

12

01

02

03

我们还可以通过微博关注自己喜欢的明星，这不仅满足了很多女孩的幻想，还可以分享交流彼此的喜悦。

04

05

06

07

08

09

10

11

12

Date | | |

紧急 重要「上午解决」

紧急 不重要「当天解决」

晒太阳时最好穿红色服装，次选白色，禁忌黑色。

重要 不紧急「当天安排」

不紧急 不重要「另天安排」

Date | | |

Important and Urgent Things(Solved in Morning)

Urgent but Unimportant Things(Solved in One Work Day)

Important but Not Urgent Things(Arranged in One Work Day)

Unimportant and Not Urgent Things(Arranged at Another Day)

与大自然亲密交流是好事，但在春暖花开的时节一定要注意，有一些美丽的花木对人体有毒害，误食可导致人体中毒，还有些花可引起人体过敏。所以不要随意采摘和食用。

Date | | |

紧急 重要「上午解决」

若想乘索道去冰川，要注意防寒和高原反应，山下售票处就有防寒衣物与氧气袋出租。

紧急 不重要「当天解决」

重要 不紧急「当天安排」

不紧急 不重要「另天安排」

Date | | |

Important and Urgent Things(Solved in Morning)

Urgent but Unimportant Things(Solved in One Work Day)

去丽江旅行要选对时间，5月与9月这两个月份，不论是气温还是植物生长的规律，都是去丽江玩的最佳时节，而7、8月最好避开，因为此时雨季来临，去丽江容易遇上公路塌方，从而影响出行计划。

Important but Not Urgent Things(Arranged in One Work Day)

Unimportant and Not Urgent Things(Arranged at Another D

Date | | |

旅游历史名迹一定要做足功课，走马观花地游览秦始皇兵马俑着实不是一件智举。所以，如果对历史和文物方面了解不多，可以找一名专业的解说员，一定会给你带来一份历史盛宴。

参观过程中，万不可破坏文物，同时保持安静，也是对先灵的敬仰与尊重。

Date / / /

Date | | |

在三亚，追寻刺激的你可以选择潜水。只要租一套潜水设备，你就可以在五彩斑斓的海底世界与鱼儿同游，即使你是旱鸭子也可以享受潜水的刺激。

Date | | |

老版人民币2元的背面就是天涯海角中石头“南天一柱”的风景图，不妨带着它去切身对比一下，会别有一番情趣

Date

郭勒大草原属于典型的温带半干旱大陆性气候，由于春秋两季的沙尘暴天气较多，所以最好不要选择
沙天气到草原上旅游。

01

02

03

04

05

06

07

08

09

10

11

12

锡林郭勒的饮食以蒙古特色为主，所以来到大草原的你，一定不要错过烤全羊、手扒肉、涮羊肉和奶茶的美味。

01

02

03

由于草原温差很大，所以来到草原之前一定要备足行囊，厚实遮寒的棉衣必不可少，不要让感冒打扰了你愉快的草原之行。

04

05

06

07

08

09

10

11

12

Date | | |

紧急 重要「上午解决」

紧急 不重要「当天解决」

重要 不紧急「当天安排」

不紧急 不重要「另天安排」

漂流的最佳时节是4到8月，分为景点式漂流和探险式漂流两种，第一次尝试者建议选安全系数更高的景点漂流。

Date | | |

Important and Urgent Things(Solved in Morning)

Urgent but Unimportant Things(Solved in One Work Day)

西藏之行离不开辗转于各辆汽车
之间，可以到自助游的旅馆结伴
租车，这不仅丰富了你的旅途，
游费也会减少一大半哦。

Important but Not Urgent Things(Arranged in One Work Day)

Unimportant and Not Urgent Things(Arranged at Another D

Date | | |

紧急 重要「上午解决」

紧急 不重要「当天解决」

重要 不紧急「当天安排」

不紧急 不重要「另天安排」

乘坐末班车之前，不能抱着碰运气的想法，最好要清楚末车始发的时间。否则若久等不来，你只怕乱了分寸与阵脚。

Date | | |

Important and Urgent Things(Solved in Morning)

Urgent but Unimportant Things(Solved in One Work Day)

乘坐末班车的你也要注意安全哦，为了安全不妨乘坐一趟熟悉的车次，最好是每日下班回家的公交车。不仅安全，还会感受到不一样的风景。

Important but Not Urgent Things(Arranged in One Work Day)

Unimportant and Not Urgent Things(Arranged at Another Da

Date | | |

高原反应是前往西藏的旅人最为担心的事情，其实高原反应是一个适应的过程，往往在高原上的第一个晚上最为难熬，胸闷头痛甚至呕吐都属于正常情况，只要忍耐3~5天就可以基本适应，但是缺氧是疲劳旅途中难以避免的。

Date / / /

Date | | |

露营时，最好选择在山间、湖畔、海边、森林等相对安全的地方扎营，同时配以篝火、烧烤，定会别有一番情趣。

Date | | |

露营时要仔细观察营地周围是否有野兽的足迹、粪便和巢穴，避免在多蛇多鼠的地方扎营，以防受伤或坏装备设施。建议随身携带驱蚊、虫、蝎的药品，做好防护措施，比如在帐篷周围遍撒些草木灰，以防蝎、毒虫的侵扰。

Date

放风筝时，每隔30至40分钟应休息5至10分钟，否则不利于缓解颈部疲劳，严重时会因为脑供血供氧不足而头晕，站立不稳。所以休息之时，可以做做颈部放松活动，如仰头、低头、左扭头、右扭头等。

01

02

03

04

05

06

07

08

09

10

同时，很多地方的火车站规定乘客改签火车票最多一次，而不可以同时改签到两个或两个以上的地方。所以为自己的行程选一个最合心仪的地方，开始一段未知的旅程吧。

11

12

01

02

03

04

05

06

07

城郊的气温一般比城里低上2至3度，去农家乐时要多带衣服，注意保暖，另外也要做好防蚊虫叮咬的措施。

08

09

10

11

12

Date | | |

紧急 重要［上午解决］

紧急 不重要［当天解决］

重要 不紧急［当天安排］

不紧急 不重要［另天安排］

若中途下车改签火车票，要先到火车站指定窗口办理改签业务，售票员会重新发给你一张车票。改签之后三日内有效，即要在原到达时间不超过三天到达目的地。值得提醒的是，若是卧铺改签，只能改签到硬座。

Date | | |

Important and Urgent Things(Solved in Morning)

Urgent but Unimportant Things(Solved in One Work Day)

Important but Not Urgent Things(Arranged in One Work Day)

Unimportant and Not Urgent Things(Arranged at Another Day)

放风筝之前要选好空地，远离高压电线，否则容易发生危险；同时也要注意远离树木，因为残留在树木的风筝线常常成为了小鸟的隐形杀手，所以休闲之余不要忘记保护自己，保护飞鸟。

Date | | |

紧急 重要「上午解决」

紧急 不重要「当天解决」

漂流的最佳时节是4到8月，分为景点式漂流和探险式漂流两种，第一次尝试者建议选安全系数更高的景点漂流。

重要 不紧急「当天安排」

不紧急 不重要「另天安排」

Date | | |

Important and Urgent Things(Solved in Morning)

Urgent but Unimportant Things(Solved in One Work Day)

Important but Not Urgent Things(Arranged in One Work Day)

Unimportant and Not Urgent Things(Arranged at Another Day)

Date | | |

腹有诗书气自华，最好的化妆品还是自己的气质，一定要加强内在的学习和提升。

Date / / /

Date | | |

第一次绣十字绣最好选小一点的图样，用线的颜色要少，图也可以简单一些。例如小荷包、手机链等，这样不仅耗时少，成就感也来得快些。

Date | | |

当红娘时，首先要问问自己两个人是否合适，走在一起是不是可能彼此欣赏。但若自己无法说服自己，不要急着行动。否则，不仅没有成了一桩美事，也会让自己落入自责当中。若当了红娘，就要做好心里准备哦。因为或许你会在一段时间成为两个人中间的桥梁，保护好这份来之易的爱情，让感动化在每个人的心中。

Date | | |

Date | | |

Date | | |

Date | | |